कुमार अम्बुज

कुमार अम्बुज समकालीन हिन्दी साहित्य के एक महत्त्वपूर्ण हस्ताक्षर हैं। *किवाड़*, *क्रूरता*, *अनंतिम*, *अतिक्रमण*, *अमीरी रेखा* और *उपशीर्षक* उनके प्रकाशित प्रसिद्ध कविता-संग्रह हैं। *इच्छाएँ* उनका चर्चित कहानी संकलन है। *थलचर* सर्जनात्मक वैचारिक डायरी है और *मनुष्य का अवकाश* श्रम और धर्म विषयक निबंध-संग्रह। *प्रतिनिधि कविताएँ* और *कवि ने कहा* शृंखला में कविता संचयन हैं। उन्होंने गुजरात दंगों पर केन्द्रित पुस्तक *क्या हमें चुप रहना चाहिए* और *वसुधा* के कवितांक सहित अनेक वैचारिक पुस्तिकाओं का संपादन किया है। विश्व सिनेमा से चयनित फ़िल्मों पर निबंधों की पुस्तक *परछाईं पर शब्द* शीघ्र प्रकाश्य है।

कविता के लिए 'भारतभूषण अग्रवाल स्मृति पुरस्कार', 'माखनलाल चतुर्वेदी पुरस्कार', 'श्रीकांत वर्मा पुरस्कार', 'गिरिजा कुमार माथुर पुरस्कार', 'केदार सम्मान' और 'वागीश्वरी पुरस्कार' से सम्मानित।

लोकतांत्रिकता, स्वतंत्रता, समानता, धर्मनिरपेक्षता के मूल्यों और वैज्ञानिक दृष्टि संपन्न समाज के पक्षधर कुमार अम्बुज का जन्म 13 अप्रैल 1957 को ज़िला गुना, मध्य प्रदेश में हुआ। वर्तमान में वे भोपाल में रहते हैं।

संपर्क : kumarambujbpl@gmail.com

मज़ाक़

कुमार अम्बुज

राजपाल

₹ 235

ISBN : 9789393267467

पहला संस्करण : 2023 © कुमार अम्बुज

MAZAAK (Stories) by Kumar Ambuj

आवरण चित्र : डॉ. शिवदत्त शुक्ला

आवरण चित्र संयोजन : अनिल करमेले

राजपाल एण्ड सन्ज़

1590, मदरसा रोड, कश्मीरी गेट, दिल्ली−110006

फोन : 011−23869812, 23865483, 23867791

e-mail : sales@rajpalpublishing.com

www.rajpalpublishing.com

www.facebook.com/rajpalandsons

विनोद कुमार शुक्ल
और चंद्रकांत पाटील
के लिए

यातना की, क्रूरता की गवाही नहीं है उनके पास
लेकिन स्मृति है

अंत में वे
अपनी त्रासदियाँ किसी कहानी की तरह सुनाते हैं

अनुक्रम

स्फटिक

गुम होने की जगह

यदि किसी शहर में गुम जाने लायक़ जगहें नहीं हैं तो वह एक अधूरा शहर है। बल्कि वह कोई विशाल मरुस्थल है। जहाँ रेत-ही-रेत उड़ती है, आँखों में भरती है। फिर नींद में और सपनों में। जहाँ धूप-ही-धूप है और छाया नहीं है। मरीचिका है और पानी नहीं है। जैसे वृक्ष तो हैं लेकिन खजूर के हैं।

मनुष्य की तरह गुम हो सकने के लिए शहर में कुछ जगहें तो ख़ैर हमको ही रुचिपूर्वक खोजनी होती हैं। जो किसी शहर में कोई शिल्पकार, मंत्री या नगर निगम अध्यक्ष नहीं बना सकता। उनकी कोई सार्वजनिक सूचना नहीं होती। बस, वे जगहें शहर में अपने आप बनती चली जाती हैं, जैसे हमारे शरीर में घाटियाँ, ख़ंदक़ें, पत्तियाँ, झाड़ियाँ, गलियाँ और बीहड़ हैं।

मैं एक निरपराध नागरिक और परेशान हाल मनुष्य की तरह कुछ देर के लिए अपनी दिनचर्या में गुम हो जाना चाहता हूँ ताकि अपनी ऊर्जाओं को एकत्र कर लूँ और ख़ुद के बिखर गये पुरज़ों को भी। दिक़्क़त यह है कि गुमने की ये जगहें रोज़-रोज़ ख़त्म हो रही हैं। या ख़त्म की जा रही हैं। क़िस्से को कुछ मुख़्तसर किया जाए।

(एक)

बात थोड़ी सी पुरानी है।

एक दोपहर मैं बहुत उदास था। उदासी की प्रकृति कुछ ऐसी थी कि किसी मित्र, रिश्तेदार या परिचित से नहीं मिलना चाहता था। घर ने मुझे घेर लिया था और मैं बस, नष्ट ही होनेवाला था। यह उदासी किसी टाइमर की तरह मेरे भीतर लग गई थी और कोई धमाका हो उसके पहले ही मैं एक गली में गुम होने चला गया। गुमने के लिए यह बहुत मुफ़ीद जगह थी, हालाँकि

इधर मैं महीनों बाद आया था। यह बहुत पुरानी गली थी। शहर बसने की शुरुआत में जो गलियाँ बनी होंगी, उनमें से रही होगी। जैसा सहज विकसित होनेवाली गलियों के साथ होता है, इस गली की चौड़ाई लगातार कम-ज़्यादा होती रहती थी। कहीं सत्रह फ़ुट तक थी और कहीं महज़ ढाई-तीन फ़ुट। इस गली की सबसे बड़ी ताक़त थी कि यह मस्तिष्क की शिराओं जैसी सर्पिलाकार थी और अचानक कहीं भी मुड़ जाती थी। उसमें अनेक दूसरी तंग गलियाँ और स्मृतियाँ आकर मिलती थीं। कुछ शाखाओं की तरह और दृश्यों की तरह उसमें से फूटती थीं। इसलिए आकस्मिकता, जिज्ञासा, प्रसन्नता और विस्मय का निवास इसमें अपने आप हो गया था। यह गली मेरे घर से काफ़ी दूर थी। मेरी तरफ़ के लोग इधर नहीं आते थे। कभी-कभार कोई आता भी है तो शायद वह गुमने के लिए ही आता होगा, इसलिए हम एक-दूसरे को देखकर पहचानते नहीं थे। क्योंकि हम तो गुमे हुए थे और यहाँ किसी को खोजने का कोई खेल नहीं चलता था।

सब जानते हैं कि संवेदित, विचारवान, और दुखी मनुष्य को गुम होने के लिए रोज़ कोई न कोई जगह चाहिए। जैसे ऑक्सीजन, रोटी, पानी, चुंबन, नींद और मंजन चाहिए। जैसे हम अपने ही किसी दुख की झाड़ी में, सुख की गलियों और उम्मीद के झुरमुट में गुम जाते हैं। जैसे हम एक उजली शाम में या तारों भरी रात में गुम सकते हैं। या किसी आत्मीय की गोद में। हम हैं भी, और नहीं भी हैं। हम इसी शहर में हैं लेकिन अभी कोई हमें खोज नहीं सकता। खोज भी ले तो पा नहीं सकता। यह भागकर गुमना नहीं, उजागर होकर गुमना है। इस तरह गुम हो जाने में संभावनाएँ हैं। नये सिरे से वापसी है। इस तरह इसी जीवन में फिर से अवतरित होना है।

ऐसी जलेबी गलियों की ख़ासियत होती है कि बार-बार गुज़रकर भी आप इन गलियों की थाह नहीं पा सकते। इनके सारे अंधकार, उजास और रहस्य को भेद नहीं सकते। ये अमर यौवनाएँ हैं। इनकी गोपनीयताएँ नित नवीन हैं। अब आप एक पुरानी, देखी-भाली गली में चल रहे हैं और साथ-साथ एक बेहद नयी, औचक और छूमंतर गली में भी। कंधे सटाये, एक-दूसरे के ऊपर गिरते-पड़ते नये-पुराने मकानों की ये गलियाँ गुमने के लिए शानदार जगहें हैं। बस, आपको चलते रहना होगा। मटमैले, नारंगी, बैंगनी और पीले

के सारे रंग-उपरंग क़दम-क़दम पर मिलते हैं। लेकिन लाल-नीले-हरे की भी कोई कमी नहीं। मज़े की बात यह कि बीच गली में ही बड़ा सा दरवाज़ा आ जाता और अचानक आप किसी घर में से गुज़र रहे होते। उस घर के सेहन में से होकर गली आगे बढ़ती। वहाँ आपको मूँज की खटियों पर पापड़, बड़ियाँ सूखती दिखेंगी। राहगीरों की परवाह किए बिना, दोपहरी की गपशप के साथ औरतें गृहस्थी के काम निबटातीं रहेंगी। लज़ीज़ खानों की ख़ुशबुएँ आपका पीछा करेंगी। कभी ऐसा लग सकता है कि अरेबियन नाइट्स के किसी क़िस्से के दृश्य में से गुज़र रहे हैं। या आड़ी-टेढ़ी कलादीर्घा में से। फ़ेलिनी, केतन मेहता या ऋत्विक घटक की फ़िल्म के किसी फ़्रेम में से।

अब गली में मैं पूरी तरह गुम चुका था और अपने पुनराविष्कार में संलग्न था। सातवाँ या आठवाँ मोड़ आया होगा कि अचानक सामने दो लहीम-शहीम आदमी आ गये। मैं डरकर ठिठक गया। कुछ समझता-बूझता उसके पहले अगल-बग़ल की गलियों में से चार वैसे ही आदमी और निकलकर आये। उन्होंने मुझे घेर लिया। वे मजबूत काठी के और सेना के जवानों जैसा हेयरकट लिए थे। मेरा पसीना छूट गया लेकिन मैंने सोचा कि मैं एक सीधा-सादा नागरिक, मैं भला इनसे क्यों डरूँ? एक पल के लिए यह भी लगा कि कहीं ये गुण्डे तो नहीं हैं। उनमें से एक सुगठित आदमी ने कहा—'माफ़ करें, हम आपका बहुत देर से पीछा कर रहे हैं। आप चारों तरफ़ एक-एक चीज़ को ध्यान से देखते हुए इस गली में क्या कर रहे हैं, कहाँ जा रहे हैं?' मैंने जानना चाहा कि वे लोग कौन हैं और क्यों यह पूछताछ की जा रही है। सुगठित ने अपनी कठोर विनम्रता में बताया कि वे 'राष्ट्रीय सुरक्षा दल' के अधिकारी हैं। रासुद के। मैंने चुपचाप अपना नाम-पता बताया। पूरा परिचय दिया। लेकिन मैं भयभीत हो गया था। इस भयजन्यता में यह तक बता दिया कि मेरी केवल एक पत्नी है और दो बच्चे हैं और बड़ी बेटी इस साल कक्षा दस में पूरे ज़िले में प्रथम आई है। इधर-उधर के रसूख़वाले कुछ जान-पहचानवालों का संदर्भ दिया। फिर अपना ड्राइविंग लाइसैंस निकालकर दिखाया। वे सब मुस्कराये। सुगठित ने फिर कहा: 'जनाब, हम आपका चालान नहीं बना रहे हैं। हमारी बात का सीधा जवाब दें कि आप इस गली में इतनी देर से निगाहबाज़ी करते हुए क्यों घूम रहे हैं। आपका इरादा क्या है?'

कुछ सँभलकर आहिस्ता-आहिस्ता मैंने उन्हें बताने की कोशिश की—
'यह मेरी प्रिय गली है। मैं यहाँ से दूर, शहर के उस कोने में रहता हूँ लेकिन
यही मेरी प्रिय गली है।' मुँह से निकलने को ही था कि मैं यहाँ कभी-कभी यों
ही गुम हो जाने के लिए आता हूँ। लेकिन लगा कि 'गुमना' कहना तो स्थिति
को और बिगाड़ देगा क्योंकि कई लोग इस तरह गुमने को छिपना समझते हैं।
इसलिए मैंने आगे बताया कि इस गली में घूमना अच्छा लगता है। और यह
कि 'रासुद' के प्रति मेरे हृदय में बहुत सम्मान है। मेरा डर अपना काम कर
रहा था। उनमें से केवल सुगठित बोल रहा था, मानो सिर्फ़ उसे ही अभिव्यक्ति
की स्वतंत्रता थी—'ठीक है। समझ गए। लेकिन अब आप तत्काल यहाँ से
वापस जाइए। यह कोई घूमने या चहल-क़दमी की जगह नहीं है। वैसे भी यह
एक ख़तरनाक गली है। यह तो अच्छा है कि आपका चेहरा अजीबो-ग़रीब है,
उसे देखकर कोई एकदम निश्चित नहीं कर सकता कि आप किस तरफ़ के
हैं, वरना अभी तक हम आपकी लाश की बरामदगी कर रहे होते। पिछले चार
महीनों से यह गली रासुद की निगरानी में है। ज्यादा ख़तरनाक दरवाज़ों पर
हमने निशान भी बना दिए हैं। अब आप इन गलियों में यों ही नहीं घूम-फिर
सकते। यहाँ कोई गुम भी नहीं हो सकता।'

अरे! इन्हें कैसे पता चला कि मैं यहाँ गुमने आया हूँ। मैंने मन-ही-मन
आश्चर्य व्यक्त किया। रासुद के लोगों को शायद मनोविज्ञान में दीक्षित किया
जाता है। मैं असमंजस और अचरज में गोते लगा ही रहा था कि सुगठित ने
आदेशात्मक चेतावनी में कहा—'यहाँ से दाएँ मुड़कर, मेन रोड से अपने घर
जाएँ। आप के लिए यह जगह बिल्कुल सुरक्षित नहीं।' फिर वे छह के छह
लोग ग़ायब हो गये। जैसे वहाँ कभी थे ही नहीं। मुझे उस गली से बाहर होना
पड़ा। तो मेरी प्रिय, यह शानदार गली अब निगरानी में है। और गलियाँ कब
से ख़तरनाक होने लगीं? मैंने तो इस दिशा में कभी विचार नहीं किया। ज़रूरत
ही नहीं पड़ी। लगता है मैं ग़ाफ़िल हूँ। शायद अच्छा है कि ये लोग हम जैसे
असावधान नागरिकों को सजग कर रहे हैं। लेकिन, यदि मैं अपनी प्रिय गली
में ही सुरक्षित नहीं हूँ तो इस जहान में फिर भला कहाँ महफ़ूज़ रह सकता हूँ!

समझ सकते हैं कि सैन्यबल की निगरानी में यदि कोई चीज़ आ जाए
तो वह आमजन के लिए किस क़दर असंभव और अप्राप्य हो जाती है। मैंने

उस गली से विदा ली। संसार में से मेरे लिए एक जगह कम हो चुकी थी। यह कहना ज़्यादा सच होगा कि वह छीन ली गई थी। एक क्षण के लिए मैंने ख़ुद को अजीब ढंग से विस्थापित, वंचित और परतंत्र महसूस किया। शायद मेरा दिमाग़ घूम गया था और मैं कुछ भी निश्चित नहीं कर पा रहा था, सिवाय इसके कि गुम होने के लिए मुफ़ीद, मेरी प्यारी एक जगह छीन ली गई है।

(दो)

किंतु निराश होकर नहीं बैठा जा सकता था।

दुनिया की कोई ताक़त साधारण मनुष्य को इस तरह ख़त्म नहीं कर सकती। मुझे जीना होगा। अपनी तरह से। तमाम ऐसी जगहें अभी होंगी जहाँ वक़्त-ज़रूरत में गुम हो सकता हूँ। जहाँ ख़ुद को पुनर्जीवित कर सकता हूँ। मैं इस शहर को भी इस तरह मरने नहीं दूँगा। चाहे पूरी सेना ही इस शहर में क्यों न लगा दी जाये। न ही इसे रेगिस्तान बनने दूँगा। और जब मैं इस शहर को बचाना चाहता हूँ तो यह शहर भी मेरे लिए उद्यत रहेगा। आशा, प्यार और उद्यम—मैं इन तीन शब्दों में सक्रिय यक़ीन रखता हूँ।

वह एक चाय की दुकान थी। जहाँ से शहर गाँवों की तरफ़ धँसता जा रहा था, उस चौराहे के एक किनारे वह दुकान थी। शहर आगे धँसता जाता था और उसके सहारे-सहारे वह भी। गरमियों में वहाँ धूल उड़ती थी। सर्दियों में जब-तब कोहरा जमा हो जाता था। और बारिश में बादल उसे घेर लेते थे। कुछ पेड़ भी, अंतिम तौर पर काटे जाने से पहले उसके हिस्से में आते थे। इसे 'चाय की दुकान' कहने की बजाय, कहना चाहिए कि गुमने की इस मोहक जगह में चाय भी मिलती थी।

यह एकदम सुबह से लेकर देर रात तक उपलब्ध थी। यह अजनबियों और राहगीरों का डेरा थी। चार-पाँच अख़बार पड़े रहते थे। जिनके सहारे सबको गुमने में मदद मिलती। फिर कोई उड़ती हुई धूल में गुम जाता, कोई कोहरे में और कोई बादलों में। कोई-कोई पेड़ों में। ये राहगीर, ये अजनबी कभी-कभी एक दूसरे को देखकर मुस्कुराते भी थे। जैसे कहते हों कि किसी को बताइए मत कि अभी हम यहाँ गुमे हुए हैं। चाय पियें या न पियें, आप यहाँ बेरोकटोक बैठे रह सकते हैं। हालाँकि कौन अभागा होगा जो यहाँ आकर

भी चाय न पीना चाहेगा। यहाँ दो-चार घंटों में ही वह हवा फेफड़ों में भरी जा सकती थी जो इस शहर के प्रदूषण और बिगड़े पर्यावरण का सामना करने में काम आती थी।

लेकिन हर आदमी हर जगह जाकर नहीं गुम हो सकता। आप जहाँ गुम सकते हैं, वह जगह शायद मुझे अनुपयुक्त लगे अथवा मुझे संतोष ही न हो कि मैं गुम गया हूँ। वह आश्वस्ति ही न मिले जो गुमने में होती है। और जहाँ जाकर मैं गुम हो सकता हूँ, मुमकिन है वहाँ जाकर आप रोशन हो जाएँ और हास्यास्पद तरीक़े से पकड़ लिये जाएँ। ज़ाहिर है, मैं उस तरह गुमने की बात नहीं कर रहा हूँ जैसे कथाओं में रानियाँ कोपभवन में गुम हो जाती हैं या जैसे लोग धर्मस्थलों में गुम जाते हैं। या प्रार्थनाओं में। या जैसे लोग फ़ार्महाउसों, पुलिस स्टेशनों, पंचतारा होटलों, विधानसभाओं या जेलख़ानों में गुम जाते हैं।

कभी मैं इस तरह गुम जाता था कि दुनिया को तो दिखाई देता था लेकिन वास्तव में उस वक़्त मैं गुमा हुआ रहता था। जैसे, पिछली पंद्रह तारीख़ को इतवार था। दोपहर में ढाई बजे रेडियो से हेमंत कुमार का एक गाना बजा। वह मुझे ढाँपने लगा। आख़िर मैं उसमें पूरी तरह गुम गया। सब मुझे देख रहे थे और निश्चिंत थे कि मैं अपने कमरे में ही हूँ। सबको दिखता हुआ। लेकिन मैं गुमा हुआ था। सारे लोग मुझे देख पा रहे थे और आश्वस्त थे कि मैं यहीं हूँ। उनके पास हूँ। उपलब्ध हूँ। सच है, मनुष्य की संभावनाओं को आप ख़त्म नहीं कर सकते। कोई नहीं। न तानाशाह, न गुण्डे और न ही घर-गृहस्थी की कठिनाइयाँ। और न ही वित्तमंत्री या युद्धमंत्री की घोषणाएँ। गाढ़े वक़्त में अचानक कोई संगीत, चहचहाट, कोई आवाज़ आदमी को बचा लेती है। अपने आग़ोश में छिपा लेती है।

मैं अब अवसादग्रस्त होऊँगा तो स्टेडियम में जाकर बैठ जाऊँगा। यह उन नयी जगहों में से है, जिन्हें मैंने अपने लिए खोजा है। शाम को मैदान में बच्चे हॉकी खेल रहे होंगे या बास्केटबॉल। वे अपना काम कर रहे होंगे, बिना मेरी तरफ़ ध्यान दिये। मैं विशाल स्टेडियम की दीर्घा के एक कोने में मूँगफली लेकर बैठ जाऊँगा और बैठा रहूँगा। जब तक कि तरोताज़ा न हो जाऊँ। हालाँकि उस प्रिय गली की दुर्घटना के बाद मैं बहुत आशंकित हूँ। मुझे लगने लगा है कि कोई है, जिसकी निगाह मेरे गुमने की जगहों पर है। कोई

है जो मुझे मनुष्य नहीं रहने देना चाहता। कोई है जो मेरे एकांताधिकार को, मेरे आत्मालाप को और मेरी प्रयोगशालाओं को, जहाँ मैं अनुसंधान करता रहता हूँ, ख़त्म कर देना चाहता है। और यह पूरा खेल अब एक गुरिल्ला युद्ध में तब्दील हो चुका है।

कोई एक्ट, धारा या नियम ऐसा नहीं है जिसके अंतर्गत आशंका के आधार पर शिकायत कर सकूँ, न ही कोई अदालत में स्वीकार्य हो सकनेवाला ठोस प्रमाण मेरे पास है कि अपने जीवनाधिकार के लिए सुरक्षा माँग सकूँ। मेरे पक्ष में जिजीविषा के अलावा कुछ नहीं है। यों भी, मैं इस सबको किसी स्तर पर सार्वजनिक नहीं बना देना चाहता। इसलिए मजबूर हूँ कि यह लड़ाई अपने तईं जारी रखूँ। संघर्ष करते हुए, छापामारी करते हुए और अपनी गोपनीयता बनाये रखकर ही मैं बचा रह सकता हूँ। और तब ही इस शहर को भी बचा सकता हूँ।

हालाँकि मेरी आशंकाएँ निराधार नहीं थीं। इस बीच मालूम हुआ कि बनते हुए शहर के कोने की चाय की दुकान को अतिक्रमण हटाओ दस्ते ने उखाड़ फेंका है। मेरी आशंका की गहरी पुष्टि तब हुई जब मेरे पास एक लंबा दिन था और मैं कहीं जाकर गुमना चाहता था। मैं एक कविता की किताब के शब्दों में गुमना चाहता था। घर में यह मुमकिन नहीं हो पा रहा था। वहाँ बाज़ार का, सभ्यता और छुट्टी के दिन का घरेलू शोरगुल व्याप्त था। तो मैंने उस जगह जाना तय किया जहाँ तब ही जाना संभव होता था जब कुछ इत्मीनान और वक़्त हो।

शहर की पश्चिमी सीमा पर एक पोखर के किनारे, चट्टानों का संकुल था। पश्चिम में होने के कारण वहाँ देर शाम तक रोशनी टिकती थी। और चट्टानों ने मिलकर एक साफ़-सुथरी जगह ऐसी बनायी थी कि गर्मियों में भी ठंडक रहती थी। पास में ही बाँस के लंबे झुरमुट थे। बाँस के झुण्डों को, इन बंसकुंजों, इस बाँसवारी को यदि आपने नहीं देखा है तो फिर माफ़ करें, आपका जीवन कुछ हद तक तो अकारथ हुआ। इन वंशवृक्षों और चट्टानों की ओट ने ऐसा तिलिस्म रचा है कि लगता है शहर की आत्मा तो दरअसल, यहाँ इस पश्चिमी किनारे पर निवास करती है। शहर के ठीक मुहाने पर, सूर्यास्त की दिशा में प्रकृति ने यह जगह किसी मनुष्य के गुमने के लिए निर्मित कर दी है। ताकि प्रकृति और नागर सभ्यता के बीच वह एक स्वस्थ आवाजाही कर सके।

यहाँ मैं पहले भी आता रहा हूँ। अनेक किताबें यहाँ बैठकर पढ़ी हैं। कई बार मैंने यहाँ के एकांत में अपनी मृत माँ की याद में चले जाने का आत्मीय उद्यम किया है। अपने उस भाई की याद करता रहा हूँ जो अभी जीवित है, इसी शहर में है लेकिन मुझसे बारह साल पहले बिछुड़ चुका है। इसी तरह अनेक दोस्तों को और किशोरावस्था को भी। दुनिया में जो कुछ मुझे और चाहिए, उसकी इच्छाएँ भी यहीं बैठकर करता रहा हूँ। और जो नहीं मिला या मिलकर भी नहीं मिला, उसका धुआँ भी यहीं उड़ाता रहा हूँ। गुमने की इस जगह से मैं अपने अधूरे संसार को पूरा करने का प्रयास करता रहा हूँ। क्षतिपूर्ति के लिए यह आदर्श जगह है। यहाँ चट्टानों पर बैठकर मुझे ऐसा कोण मिलता है जहाँ से मैं पूरे शहर को देख सकता हूँ। शहर मुझे नहीं देख सकता क्योंकि मैं तो गुमा हुआ हूँ। यह जगह मुझे पूर्णता देती है और गुमने की ताक़त को नये सिरे से रेखांकित करती है। तो मैं कविता की एक किताब साथ लेकर आया। साढ़े चार किलोमीटर पैदल चलने से पैदा उत्साह और रसायन मेरे भीतर थे।

पहले मैं चट्टानों की तरफ़ बढ़ा कि ठंडक में बैठूँगा। लेकिन इरादा बदलकर सोचा कि बाँसों के संकुल के नीचे बैठूँगा। उनके ठीक बीच में जहाँ कुछ घास उग आती है, बाँस की पत्तियाँ भी वहाँ गिरकर एक मुलायम कालीन बनाती हैं। अपने उस धूसर हरे-पीले कालीन तक जैसे ही पहुँचा तो देखा घास और पत्तियों पर जगह-जगह ख़ून के निशान हैं। मैं पसीना-पसीना हो गया। उलटे पाँव भागा। कुछ दूर जाकर रुका और गहरी साँस ली। अब तय हो चुका है कि कोई है, जो मेरे गुम हो सकने की जगहों को ख़त्म कर देना चाहता है। कोई है जो मुझ मनुष्य का पीछा कर रहा है। जो मुझे गला घोंटकर मार डालना चाहता है। मेरे जीवन स्रोतों को सुखा देना चाहता है। कोई है जिसने मुझे अपने रिमोट पर ले लिया है।

अगले दिन के अख़बार में 'बाँसों की छाँव में हत्या' शीर्षक से ख़बर छपी। मेडिकल के एक होनहार छात्र को मार डाला गया था। मेरी आशंकाएँ निराधार नहीं थीं।

(तीन)

चुनौतियाँ बढ़ती जा रही थीं। मैं गलियों में नहीं जा सकता था। स्टेडियम में बम रखने की अफ़वाह भी दो-तीन बार फैल गई थी। कह सकते हैं, वह

निशाने पर तो था ही। चाय की कुछ दूसरी दुकानें, संगीत, किताबें जैसी चीज़ें बाक़ी थीं। (हेयर कटिंग सैलून, आर्ट गैलरियाँ, सिनेमा हॉल, नाट्यशालाओं जैसी जगहों में मैं लगातार प्रतिकृत होता रहता हूँ। विघ्न और व्यवधान बना रहता है। बेख़याली को मोहताज हो जाता हूँ। इसलिए यहाँ मैं चाहकर भी गुम नहीं पाता। यद्यपि मेरे कई मित्र कहते हैं कि गुमने के लिए ये भी ख़ूबसूरत जगहें हैं। होंगी, उनके लिए होंगी। मैंने कहा न, कि जहाँ आप गुम सकते हैं, शायद वे जगहें मेरे लिए समुचित न हों।) फिर एक मनुष्य को गुम होने के लिए नाना प्रकार की जगहें चाहिए। गुमने का इत्मीनान भी चाहिए। कि आप क़रीने से गुम हो सकें। अपनी आदमियत के साथ गुमे रह सकें। नहीं तो गुमने की जगहें क़ैदख़ानों में तब्दील हो सकती हैं। और मैं कोई अपराधी नहीं हूँ। फिर भी मेरे इत्मीनान को ख़त्म किया जा रहा था।

ऐसे में एक ख़ज़ाना अचानक मिल गया। किसी आविष्कार की तरह। या कहें कि उपहार की तरह। अभेद्य प्रागैतिहासिक गुफ़ाओं की तरह। हुआ यह कि अभी परसों मैं शहर के बीचोबीच एक ऐसी बेहद सार्वजनिक पुलिया पर बैठा हुआ था जिसका अभी तक निजीकरण बाक़ी था। वह एक चलती हुई सड़क थी। आसपास कुछ पुराने ज़माने के पेड़ थे। गुलमोहर, नीम, पीपल और बकायन के। सुबह सात बजे से मैं वहाँ बैठा हुआ था। और सोच रहा था कि आख़िर इच्छा होने पर अब कहाँ गुम हो सकूँगा। पूर्व तैयारी की तरह मैंने अपना मोबाइल बंद कर रखा था।

कई दिनों से मैं भटक रहा था और अब मुझे अपने लिए, अपने प्राणों के लिए और जीवन की राहों में फिर से जाने के लिए कुछ देर तक गुमने की ज़रूरत थी। पूरा शहर उस सड़क से मेरे सामने से गुज़र रहा था। मैं सबको देख रहा था। हर आने-जानेवाले को। ठिठककर या थककर रुक जानेवाले को। हड़बड़ी में जाते इंसानों को। उस आदमी को भी जो पुलिया पर आकर, मेरे पास ही दूसरे किनारे पर बैठ गया। लेकिन धीरे-धीरे मैंने जान लिया कि लोग मेरी तरफ़ ध्यान नहीं दे रहे हैं। लगता है मुझे देख नहीं पा रहे हैं। तीन-चार दोस्त और अनेक परिचित भी उधर से गुज़रे। कुछ ने तो टकटकी बाँधकर पुलिया की तरफ़ भी देखा। जैसे मेरी आँखों में ही देखा हो। लेकिन उनकी आँखों में कोई पहचान और चमक नहीं दिखी।

काफी देर बाद मुझे खोजते हुए पत्नी भी आई, बेटी साथ में थी। आते-जाते लोगों से कुछ पूछ रही थी। पुलिया पर बैठे आदमी से भी पूछने लगी। मेरी तस्वीर उसके हाथ में थी। जबकि मैं उसके सामने था। न पत्नी ने मुझे देखा और न बेटी ने। न ही उन तमाम आदमियों ने। तो क्या मैं वाक़्ई कहीं गुमा हुआ हूँ?

लेकिन मैं तो यहाँ सरेआम बैठा हूँ।

तब लोग मुझे देख क्यों नहीं पा रहे हैं। ज़रूर ही मैं किसी ओट में हूँ। कोई चीज़ है जो मुझे छिपा रही है और बचा रही है। शाम पाँच बजे के लगभग मैंने सिर आसमान की ओर उठाया तो देखा कि पीपल का एक पत्ता गिरता हुआ मेरे बालों में न जाने कब से अटका है। उसकी नोक मेरे माथे तक आ गई है।

अच्छा! तो मैं पीपल के इस गिरते हुए अटक गये पत्ते में गुम हो गया हूँ। ख़ासतौर पर पत्ते की इस लंबी नोक के पीछे। मैंने उस पीपल की तरफ़, उसके पत्तों की तरफ़ कृतज्ञता से देखा। और बाक़ी वृक्षों की तरफ़ भी, जिनके पत्ते हवा में लगातार हिल रहे थे। मुझे कुछ भरोसा हुआ कि मैं अभी सचमुच जीवित, ऊर्जस्वित और स्पंदित बना रह सकता हूँ। कि जब सब आपके ख़िलाफ़ हों तो शहर एक सच्चे दोस्त की तरह आपके साथ खड़ा हो सकता है। वह अपनी नैसर्गिकता और प्रकृति के साथ आपको शरण में ले लेता है। ज़रूरत पड़ने पर अपनी ओट में।

अब आप भले निहत्थे हैं लेकिन सुरक्षित हैं। विजेता हैं। शहर में खोजबीन करने के लिए, जीवन का सामना करने के लिए फिर से तत्पर और प्रस्तुत हैं।

(2009)

मज़ाक़

(एक)

पिताजी सोचते हैं कि यहाँ, इस 'केयर-सेन्टर' में, उनके रहने, खाने-पीने और इलाज का पूरा ख़र्च प्रधानमंत्री जी दे रहे हैं। उनको सुनाई देना लगभग बंद हो गया है। आवाज़ भी बमुश्किल निकलती है। एक आँख के मोतियाबिंद के सफल ऑपरेशन के कारण वे अख़बार में मोटे छापे की ख़बरें पढ़ लेते हैं। हाथ काँपते हैं, ज्यादा देर बैठा नहीं जाता। अख़बार इस तरह पाँच-छह मिनट में पूरा हो जाता है। उधर स्मृति की स्लेट पर बीमारी अपना पोता फेर रही है।

कहते हैं कि सरकार ने अच्छी योजना चलाई। बुढ़ापे में सुख हो गया वरना इतनी बीमारी की हालत में मेरा ख़र्चा कौन उठाता! पूरी पैंशन बच जाती है सो अलग। केयर-सेन्टर का पूरा स्टाफ़ मुस्कराता है। उन्हें मैं भी कुछ नहीं कहता। क्या कहूँ? जबकि वे ख़ुद, अपने जीवन के पिछले तमाम स्वस्थ दिनों में, आजीवन घोषणा करते रहे हैं कि राजनेताओं से ज्यादा झूठा, उनसे ज्यादा मक्कार और कोई नहीं। लेकिन अब उन्हें पार्किन्सन्स बीमारी ने ग्रस लिया है। न मैं उन्हें यह समझा सकता हूँ कि उनकी पैंशन कुल पंद्रह हजार है और यहाँ का ख़र्च पैंतीस हजार रुपये है। हर महीने ये बीस हजार का अंतराल जब घर के ही लोग पाटने को तैयार नहीं हैं तो प्रधानमंत्री जी क्यों देंगे यह अनुदान। फिर भला प्रधानमंत्री उनके कौन हैं? अब वे वोटर भी नहीं हैं। वोटर आई डी कार्ड है लेकिन वे वोटर नहीं हैं। मतदान केंद्र जाने की बात तो दूर, वे तो बाथरूम में मूत्रदान करने भी नहीं जा सकते। अपने पैरों पर छह क़दम चलकर धूप में या बैंच पर जाकर नहीं बैठ सकते और पलंग के नीचे दो हाथ की दूरी पर गिर गए तौलिए को नहीं उठा सकते। जितनी महँगाई बढ़

रही है, उस से आधी ही पैंशन में बढ़ोत्तरी होती है। वे अब देश और उसकी राजनीति के किसी काम के नहीं रह गए हैं। लेकिन वे निश्चिंत हैं कि उनकी चिकित्सा प्रधानमंत्री जी करा रहे हैं।

क्या पार्किन्संस के सभी मरीज़ों में यह लक्षण पैदा हो जाता है कि उन्हें लगता है कि उनकी देखभाल सीधे प्रधानमंत्री जी द्वारा कराई जा रही है। तब तो निश्चित ही पार्किन्संस डिजीज़ या पीडी, एक ख़तरनाक बीमारी है। जितनी मरीज़ के लिए, उतनी ही देश के लिए भी। पत्नी कहती है कि आप फ़ालतू का मज़ाक़ करते हैं। लेकिन ज़रा सोचिए, मेरे पिता इतनी गंभीर, असहाय कर देनेवाली बीमारी से ग्रसित हैं, तब क्या मैं मज़ाक़ कर सकता हूँ?

(दो)

डॉक्टर्स कहते हैं कि देख-रेख ही इस बीमारी का उपाय है। लेकिन घरों से बच्चे पलायन कर चुके हैं। भरा-पूरा परिवार, लंबी-चौड़ी वंशावली बिखर चुकी है। वंशवृक्ष की डालियाँ टूट चुकी है। पत्ते टूटकर उड़ चुके हैं। दूर शहरों में, महानगरों में, नाना अक्षांशों-देशांतरों में। अब बस बचे हैं न्यूक्लियर, कामकाजी परिवार। या दो बूढ़े होते लोग। जो ख़ुद कई बीमारियों से लड़ने के उपक्रम में फँस गए हैं। या कोई एक ठूँठ। महज़ एक अज़ाब। तो देखरेख कैसे हो?

इतने एनजीओ, इतने आश्रम, इतनी संस्थाएँ। लाखों-करोड़ों का अनुदान लेनेवाले ये सब कहते हैं कि बिस्तर से लगा आदमी नहीं लेंगे। हैल्पएज भी हैल्पलैस है। सबको चलता-फिरता आदमी चाहिए, बेडरिडन नहीं। लेकिन बिस्तर पर लेटे आदमी को तो आजीवन मेडिकल सहायता चाहिए। देखभाल चाहिए। मुश्किल से यह एक निजी अस्पताल मिला है। यहाँ पैसा चाहिए। यही मजबूरी है। यही विकल्प।

यही इकलौती उम्मीद।

डॉक्टर कहता है कि पीडी मारक नहीं है। रोगी को मारती नहीं है। बस, लाचार कर देती है। दिमाग़ के एक हिस्से को चिड़िया की चोंच बना देती है। दिमाग़ सिकुड़ रहा है, कोशिकाएँ ख़त्म हो रही हैं लेकिन आप मरेंगे नहीं, सिर्फ़ भुगतेंगे। सारे कष्ट उठाएँगे और मरेंगे नहीं। डोपामाइन चाहिए,

न्यूरोट्रांसमीटर। लेकिन डोपामाइन आपको बस उतना ही सहारा देगा कि आप एकदम से गुड्डुप न हो जाएँ। ज़्यादा डोज़ होगा तो सूखे बाँस की तरह कड़क हो जाएँगे। अजीब मज़ाक़ है। मारक होना और क्या होता है? यह बीमारी तो पूरे घर को मारती है।

इधर अख़बारों में ख़बर है कि पिचहत्तर साल के ऊपर के लोगों की पैंशन बंद करने पर विचार चल रहा है। सरकार के पास इतना फंड नहीं है कि सभी बुजुर्गों को अनंत काल तक पैंशन दी जा सके। लोग अमर हो जाएँगे तो संसार कैसे चलेगा। अर्थव्यवस्था ढह जाएगी। इतने मरियल, बिस्तरपकड़ बुजुर्गों का क्या काम? चलते-फिरते, स्वावलंबी वयोवृद्धों को ही कोई विकासशील समाज सहन कर सकता है। एक अर्थशास्त्री का सुझाव है कि पिचहत्तर की आयु तक इतना कमा और बचा लेना चाहिए कि जीने की शेष आकांक्षा या दुर्घटना के साल भी उससे कट सकें। यदि आप ज़रूरत से ज़्यादा ज़िन्दा बने रहते हैं तो भला इसमें सरकार का क्या दोष।

अच्छा हुआ माँ पहले ही चली गई। अभी छियत्तर की होती। सरकारी फ़ैसले किसी को सीधे-सीधे मारते नहीं हैं। पंगु कर देते हैं। फिर आदमी प्राकृतिक रूप से मर जाता है। कविता का सच है, जीवन का सच है—'यह व्यवस्था तुम्हें मार नहीं डालना चाहती।' पिचहत्तर पार का आदमी देश को नहीं चाहिए लेकिन यदि उसकी थोड़ी-बहुत कमाई है तो फिर उससे टैक्स ज़रूर चाहिए। यही क़ानून है। बहस और पैंशन जारी है। उम्मीद भी बाक़ी है। यह डोपामाइन का काम करती है। इसलिए आप एकदम से लुढ़क नहीं जाते।

निगलने की ताक़त कम हो गई तो गले में नली डालकर खाना दिया जा सकता है। यदि आप किसी तरह जीना चाहते हैं तो विकल्प निकल आते हैं। चाह है तो राह भी दिखती है। झाड़झंखाड़ से भरी पगडंडी भी तो आख़िर राह ही कहलाएगी। बस, दिन-रात की नर्सिंग चाहिए। मगर मदद करने को कोई तैयार नहीं। न सरकार। न घर के लोग। एक बेटे ने यहाँ तक कह दिया कि ये मेरे पिता नहीं हैं।

लेकिन अभी जिजीविषा है।

और यह मज़ाक़ नहीं है।

(तीन)

डॉक्टर ने चेताया था कि ये दवाएँ जो पिताजी को अभी एकदम गिरने से बचा रही हैं, वे इन्हें 'स्क्रित्सोफ्रेनिया' का शिकार बना देंगी। धीरे-धीरे देख रहा हूँ कि पिताजी किसी से अकेले में बात करने लगे हैं। उनकी कल्पना ही अब यथार्थ हो गई है। जो वास्तविकता है वह संदिग्ध है। यथार्थ के आगे वे भ्रम में पड़ जाते हैं। उन्हें वे आवाज़ें सुनाई देती हैं जो उनके अतीत या अवचेतन में बसी हैं। यथार्थ किसी स्वप्न में तब्दील हो चुका है। तमाम अधूरी इच्छाएँ, भय और आशंकाएँ ही अब नयी सच्चाइयाँ हैं।

डॉक्टर कहते हैं यह मतिभ्रम है। विभाजित मन:स्थिति है। लेकिन आपके पिता के लिए यही वास्तविकता है। अब आप उनके लिए जीवन और दुनिया की किसी सच्चाई से इसे प्रतिस्थापित नहीं कर सकते। इसलिए अपने मानस को बदलिए और पिताजी की किसी बात को ग़लत मत ठहराइए। उनकी बात मानते हुए, उस पर हामी भरते हुए ही आगे बात कीजिए अन्यथा उनकी मानसिक हालत और ख़राब होगी।

लेकिन डॉक्टर ख़ुद कई बातें नहीं समझ सकते। वे ऐसी सलाहें देते हैं जिन पर अमल मुमकिन नहीं। जैसे यही—एक दिन पिताजी ने मुझसे कहा कि घर जाओ और अंदर के कमरे में से बंदूक़ उठाकर लाओ। हमारे घर में कभी कोई बंदूक़ नहीं रही। लेकिन उनके मन में बंदूक़ है और इस तरह घर के भीतरी कमरे में बंदूक़ है तो फिर वह है। मुझे कहना पड़ा—''हाँ, ले आऊँगा लेकिन बंदूक़ क्यों चाहिए।''

''दो बातें हैं,'' उन्होंने जवाब दिया ''एक तो मुझे लाइसेंस का नवीनीकरण कराना है। दूसरे, इस डॉक्टर और नर्स को गोली मारनी है।''

''क्यों?'' मैंने चौंकने का अभिनय किया।

''डॉक्टर की दवा से कोई फ़ायदा नहीं है। वह ठीक इलाज नहीं कर रहा है। और यह नर्स मुझे बेकार ही डाँटती रहती है। अकेले में मुझे धक्का देती है। जबकि मैं बूढ़ा हूँ, बीमार हूँ और इसका काम सेवा करना है।''

''मैं दोनों को समझा दूँगा।''

''समझा तो मैं भी चुका हूँ। अब गोली मारनी पड़ेगी।''

''ठीक है, फिर लाइसेंस रिन्यूअल की ज़रूरत क्या है, ऐसे ही मार दो।''

''मैं अपने काम क़ायदे से करता आया हूँ, तुम जानते हो। मारने से पहले बंदूक़ का लाइसैंस चालू हालत में चाहिए।''

''अभी कलेक्टर ने लाइसैंस देने का काम दो महीने के लिए बंद कर दिया है।''

वे कुछ देर फटी आँखों से देखते रहे फिर इतना ही बोले—''यह सरकार ख़ुद तो कुछ ठीक करती नहीं। और मुझे भी नहीं करने देगी।''

आसपास खड़े लोगों की हँसी छूट गई।

जैसे उन्होंने कोई बहुत अच्छा मज़ाक़ किया हो।

(चार)

मैं सरकार, देश और समाज के दर्पण में इस बीमारी का कोई अक्स नहीं देखना चाहता लेकिन पिताजी ने बात को वहीं लाकर ख़त्म किया। हो सकता है मतिभ्रम पिताजी को न हुआ हो, मुझे ही हो गया हो। अभी परसों ही वे बोले थे—''अच्छा हुआ, तुम आ गए। मैं सुबह से पंडित जसराज का गायन सुनते हुए तुम्हारा इंतज़ार कर रहा था।''

''कहिए।'' मैं जसराज के बारे में भी पूछना चाहता था लेकिन ध्यान आया कि बीमारी की वजह से ऐसे कलाकार, दोस्त, पुराने रिश्तेदार उनके पास अकसर रोज़ ही चले आते हैं। अब कल्पनाशील, संशोधित स्मृति और भ्रम ही सच्चा जीवन है।

''अरे कहना क्या है, तुम घर जाओ और मेरे कमरे में पलंग के पीछे कील पर जो नीले रंग का झोला टँगा है, उसमें दो करोड़ रुपये हैं, वे सब ले आओ।'' मुझे ग़ुस्सा आ गया। यहाँ इलाज का ख़र्च उधारी करके निकल रहा है और ये करोड़ों रुपये का सपना देख रहे हैं। ऐसी कैसी बीमारी! पास में खड़ी नर्स मुस्करा रही थी।

उधर पिताजी ने ज़िद पकड़ ली कि अभी और इसी वक़्त मेरे दो करोड़ रुपये लाकर दिए जाएँ। डॉक्टर की नेक सलाह के बावजूद उनकी इस बात पर हामी नहीं भरी जा सकती थी। उन्हें मैंने, पड़ोसी मरीज़ और नर्स ने भी इधर-उधर की बातों में लगाने की बहुत कोशिश की मगर वे अपने विषय से बिलकुल भी टस-से-मस न हुए। कुछ देर बाद उन्होंने घोषणा की—''तेरे

मन में बेईमानी आ गई है और तू मेरे दो करोड़ रुपये हज़म कर लेना चाहता है। मैं लाचार हूँ इसलिए तू इसका फ़ायदा उठा रहा है।''

जब वे बार-बार अपने रुपयों की माँग करते ही रहे तो नर्स ने कुछ गंभीर होकर मेरे कान में फुसफुसाया—''सर, एक बार घर में अच्छी तरह देख लीजिए। हो सकता है कि जीवन भर की कमाई इन्होंने कहीं छिपाकर रखी हो।'' मैंने ग़ुस्से से सिस्टर को देखा और सोचा कि पिताजी इसके साथ ठीक ही कुछ करना चाहते हैं। यह गोली मारने लायक़ ही है। अपने पर क़ाबू पाकर मैंने कहा—''सिस्टर, पिताजी 'स्क्रित्सोफ्रेनिक' हो रहे हैं और आपको मज़ाक़ सूझ रहा है। उधर सरकार हर किसी के घर से काला धन खोजने में लगी है। अमीर-ग़रीब के घरों में बिना बात ई डी घुसी चली जा रही है। क्या आप हमारे लिए कोई नयी मुसीबत पैदा करना चाहती हैं? प्लीज, आप डॉक्टर साहब को बुलाइए।''

बड़ी मुश्किल से उनका ध्यान हटाया गया। फिर वे निढाल पड़ गए और सबको घूरने लगे। सिस्टर के चेहरे से ज़ाहिर था कि वह पूरी तरह आश्वस्त नहीं हुई है। मैंने डॉक्टर से पूछा—''इनकी हर बात सरकार या देश से जुड़ती हुई क्यों जान पड़ती है? ''

डॉक्टर बोला—''आप ख़ुद इसे जोड़ रहे हैं। सरकार का इन बातों से क्या मतलब। ज्यादा चिंता न करें और न ही फ़ालतू की बातें सोचें। कहीं आप भी बीमार न हो जाएँ।'' मुझे लगा कि पिताजी इस डॉक्टर को भी ठीक ही गोली मारना चाहते हैं। अब बंदूक़ लानी ही पड़ेगी। घर में नहीं है तो क्या हुआ, बाज़ार से लाई जा सकती है।

डॉक्टर ने मुझे एक परचा पकड़ाया कि इन दवाओं से पिताजी का मतिभ्रम कुछ ठीक होगा। फिर तिर्यक ढंग से मुस्कुराते हुए बोला—''एक-दो गोली आप भी खा सकते हैं।'' सुनकर मुझे अच्छा नहीं लगा। यदि यह मज़ाक़ भी है तो ख़राब क़िस्म का है।

(पाँच)

बीमारी जैसे उनके पंचतत्व का हिस्सा हो चुकी है। जो उन्हें देखने आता है या मुझसे पिता के बारे में कुछ पूछता है तो मुझे लगता है कि वह दरअसल

यह जाँचने आया है कि ये अभी तक जीवित कैसे बने हुए हैं। या इस तरह मुझसे जानना चाहता है कि पिता आख़िर कब विदा ले रहे हैं। क्या संभावना है। कोई कहता है कि आप बड़ी सेवा कर रहे हैं, मुझे सुनाई देता है कि बस, अब बहुत सेवा हुई। कि आप बड़े भाग्यशाली हैं जो आपके पिता अब तक हैं तो मैं समझ लेता हूँ कि वह हम दोनों को या हमारे पूरे परिवार को शाप दे रहा है। हमारी तकलीफ़ों का मज़ाक़ बना रहा है।

पहले घर के लोग ऊबे, फिर उनकी सेवा करनेवाले सहायक ऊब गए। अब अस्पताल के डॉक्टर्स, सिस्टर्स और सफ़ाईकर्मी तक ऊब चुके हैं। लेकिन सीधे-सीधे कहता कोई नहीं। उनसे बात करो तो पिता के बारे में अब उतने उत्साह से बात नहीं करते। उनके दिन भर के समाचार देने में भी उनकी दिलचस्पी समाप्त हो गई है। यह सब पूछने में मेरी रुचि भी ख़त्म हो रही है। बस, चिंता बची है। पिताजी की तरफ़ दस-बारह सैकंड देखो तो साफ़ दिखता है कि वे भी ऊब गए हैं। वे जान चुके हैं कि उनके शरीर के साथ ही रोग जाएगा।

लेकिन अकसर होता है कि जब पिता के जाने की बात मन में उठती है या किसी की बातों, संवेदना या शुभकामनाओं से इसकी गंध आती है तो मुझे रोना आ जाता है। बचपन से ही यह सुनते, समझते बड़े हुए हैं—'यह वही देह है जिससे मेरा निर्माण हुआ। इसी के कंधे पर बैठकर दुनिया को देखना शुरू किया। यही देह है जो एक दिन में बीस मील पैदल चलती थी। इसी देह का आसपास उदाहरण दिया जाता था। इसी देह को देखकर माँ गर्व से भर जाती थी। उनकी देह देखकर हर कोई ईर्ष्या करता था। यही देह आँगन थी, यही उद्यान और यही हमारा दुर्ग थी।'

फिर पढ़ी हुई कहानी-कविता की बातें भी पीछा करने लगती हैं। एक ख़याल है जो भीतर के कुएँ में झिर की तरह रिसने लगता है कि ये चले जाएँगें तो निर्वात बन जाएगा। पुरुष अनेक होते हैं, संबंधों की लंबी सूची है, मित्रताएँ हैं, लेकिन पिता एक ही होता है। जो चीज़ संसार में कुल एक ही हो, उसके खो जाने का विचार पतझर पैदा करता है। यह ऐसा पतझर नहीं है कि वसंत आएगा, फिर नये पत्ते आ जाते हैं। पिता को खो देना, अपनी पहचान खो देने जैसा है। लावारिस हो जाना है। कोई गुफा, कोई शरण, कोई अरण्य,

कोई मैदान नहीं बचेगा। पर्वत ढह जाएगा, नदी पहले से ही सूख चुकी है। आसमान ख़ाली है, बादल का एक टुकड़ा भी नहीं है।

सिर झुकाकर देखता हूँ कि पिताजी अभी लेटे हैं और कुछ विचारमग्न हैं।

मैं सोच रहा हूँ कि वे क्या सोच रहे होंगे ?

अचानक उन्होंने पलंग की रेलिंग पकड़कर उठने की कोशिश की। मैंने उन्हें पीठ पर सहारा देते हुए बैठाया तो स्थिर आँखों से मुझे देखते हुए बमुश्किल टुकड़ों में बोले—''यह बीमारी कितनी ख़राब है। देखो, जीवन पूरा नहीं हुआ है और जीने की हसरत भी बाक़ी है। लेकिन इसने सब कुछ कितना कठिन बना दिया है। शेष ज़िन्दगी मज़ाक़ बन गई है।''

फिर वे हाँफ़ने लगे।

''तुम सब चाहकर भी कुछ नहीं कर सकते। सिर्फ़ किसी को मरता हुआ देख सकते हो। चाहे ख़ुद सेवा करो या किसी से करवाओ। पैसे ख़र्च करो या न करो। दवाइयाँ दो या महज़ काढ़ा पिलाते रहो। वेंटीलेटर पर लगा दो लेकिन अंततः तो मरता हुआ ही देख सकते हो। हम सब एक-दूसरे को हमेशा मरते हुए ही तो देखते हैं। इससे ज्यादा कोई कुछ नहीं कर सकता। लेकिन तुम सब मिलकर इतनी गंभीरता से इस काम को अंजाम दे रहे हो जैसे किसी को मरते हुए देखना कोई मज़ाक़ है।''

(छह)

इधर उन्हें बार-बार यूटीआई हो जाता है।

मूत्रनली का संक्रमण। पेशाब की नली अब उनकी स्थायी संगिनी है। उन्हें पता ही नहीं चलता कि कब उनका ब्लैडर भर जाता है और कब ख़ाली हो जाता है। शरीर के कुछ भीतरी और बाहरी अंगों पर उनका नियंत्रण ख़त्म हो गया है। निगलने की ताक़त नहीं है इसलिए नली से सब कुछ सीधे पेट में डाला जा रहा है, ज़बान पर कोई स्वाद नहीं। रोज़-रोज़ नई समस्याएँ जुड़ती जाती हैं। अब पलकें गिरती हैं तो देर तक नहीं खुल पातीं। आँखें खुली हैं तो देर तक खुली रहती हैं। अपलक। मानो इस पूरी दुनिया को, अपने आसपास को घूर रहे हैं। जैसे किसी दबे रह गए अव्यक्त क्रोध में। नाउम्मीदी में। या किसी उम्मीद में। पूछो तो भी कुछ बताते नहीं। वही न्यूरो विशेषज्ञ फिर कहता

है कि यह पलकें न झपकना, लगातार घूरते रहना, इस बीमारी का अग्रगामी लक्षण है।

क्या अधूरी उम्मीदें, बाक़ी इच्छाएँ, और छाती में दबा रह गया ग़ुस्सा, इस बीमारी की वास्तविक वजह हो सकती हैं? पिछले दो सौ सालों से, तमाम रिसर्च के बाद भी पीडी की वजह नहीं मालूम हुई। कारण पता चले तो इसका इलाज आसान हो। तो क्या यह दो सौ सालों की नाउम्मीदी है? दो सौ सालों का क्रोध? दो शताब्दियों का निर्वात?

बीस दशक से चला आ रहा संक्रमण? इतना लंबा वैश्विक यूटीआई??

संसार की दो सदियाँ बीत गईं, तब से अपने ही अंगों पर नियंत्रण नहीं। ठीक वजह नहीं मालूम। इसलिए ठीक इलाज नहीं मालूम। क्या मज़ाक़ है? कहते हैं रिसर्च चल रही है और दो हज़ार अठारह चला आ रहा है। उधर आयुर्वेद कहता है यह तीन हज़ार साल पुराना रोग है। शायद यही सच हो। इतनी नाराज़ी, इतना संक्रमण, इस क़दर नाउम्मीदी और यह लाइलाज हालत किसी तीन हज़ार साल पुरानी बीमारी से ग्रस्त दुनिया का ही परिणाम हो सकती है।

और यह कोई मज़ाक़ नहीं है।

(2017)

मुझे किसी पर विश्वास नहीं रहा

मैं हर शहर, हर जगह जहाँ जाता हूँ, पूछता हूँ कि क्या यह शहर, यह जगह बेनीपुर है। वही मेरा जन्म-स्थान है। सभी जगहों पर कहा जाता है कि नहीं, यह बेनीपुर नहीं। यह एक शहर है लेकिन यहाँ कोई पैदा नहीं हुआ। यहाँ सभी लोग किसी न किसी दूसरी जगह से आए हैं। यहाँ पर सभी निवासी विस्थापित हैं। हमने सुना ज़रूर है कि सबके जन्म-स्थान उजड़ गए हैं। नक़्शों में भी नहीं बचे। नक़्शे बदल चुके हैं। पुरानी जगहों के नाम ग़ायब हैं। नये नाम इस तरह रखे हैं कि पुराने याद न आ सकें। उनकी वर्तनी और उच्चारण भी ऐसा है कि उसे सीखने में पुराना विस्मृत हो जाता है। हमारे भूगोल और इतिहास एक साथ नष्ट हो गए।

लेकिन ऐसा नहीं हो सकता।

भला ऐसा कैसे हो सकता है? लगता है लोग झूठ बोलते हैं। इधर हर कोई झूठ बोलता है। इसलिए मेरा किसी पर विश्वास नहीं बचा है। जो सच बोलता है उसे ख़ुद पता नहीं कि वह सच बोल रहा है। वह सच भी किसी के झूठ को सच मानकर बोल रहा होता है। सीधे-सादे, भावप्रवण, घबराए और सच्चे आदमी से तो हर कोई झूठ ही बोलता है। यह सब इतना ज़्यादा हो चुका है कि अब मुझे किसी पर भरोसा नहीं। यह बात गुस्से या हताशा में नहीं कह रहा हूँ। स्वीकार भाव से और नये ज़माने में रहने, सामंजस्य बैठाने, अपने को अद्यतन करने की कोशिश में कह कर रहा हूँ। हालाँकि इसका अर्थ भी वही है कि मुझे किसी पर विश्वास नहीं रहा।

मेरे पास इस सदी में होने का यही सच्चा प्रमाण है।

एक स्त्री से पूछता हूँ, ''क्या तुम्हारा नाम दुलारी है।'' फिर सब स्त्रियों से पूछता हूँ कि उनमें कोई दुलारी है। हर स्त्री कहती है—''नहीं, मैं तो दुलारी

नहीं हूँ।'' वे कहती हैं कि यहाँ दूर-दूर तक कोई दुलारी नहीं है। जैसे वे उन सब स्त्रियों को जानती हैं जो सब दूर रहती हैं और दुलारी नहीं हैं। पुरुषों से पूछता हूँ कि उनमें कोई प्रकाश है। हर कोई कहता है कि नहीं। फिर वे समूहगान में कहते हैं कि उनमें कोई भी प्रकाश नहीं है। एक वक़्त था जब हर दूसरे तीसरे आदमी के नाम में प्रकाश मिल जाता था। अब कहीं कोई दुलारी नहीं है। कहीं कोई प्रकाश नहीं है। कोई जगह नहीं है जो मेरी जन्मस्थली हो। सारे वे नाम ग़ायब हैं, जिनसे दुनिया भर की याद रहती थी। नामों को इस तरह मिटाया गया कि वे जगहें, वे आदमी ही मिट जाएँ जिनके वे नाम थे। अब मैं आदमियों या जगहों पर ही नहीं, बाक़ी चीज़ों पर भी विश्वास नहीं कर सकता, जिन पर कल शाम तक करता चला आता था और भूल चुका था कि इन पर कभी अविश्वास भी करना पड़ सकता है।

इसी अविश्वास के सिलसिले में, मैं बैंक गया। बैंकों पर मेरा विश्वास ख़त्म हो गया था। मैंने अपनी सावधि जमा रसीदें और बचत खाते की पासबुक मैनेजर के सामने, टेबल पर पटक दीं। ''लीजिए, ये तमाम रसीदें हैं। तेईस हज़ार पासबुक में हैं। जीवन भर की बचत और नौकरी में लोहे जैसी जवानी पर जंग लगाने के एवज़ में मिला यह टीन-पत्तर का मुआवज़ा। मुझे इसी वक़्त सारे रुपये दो। बैंकों पर मेरा भरोसा नहीं रहा।'' इस मैनेजर पर भी कोई भरोसा नहीं था हालाँकि वह अच्छा आदमी लग रहा था। लेकिन अच्छे आदमी और भरोसे के आदमी में ज़मीन-आसमान का अंतर हो सकता है। बल्कि होता ही है। बहरहाल, मैनेजर ने मुझे पहले ज़रा घूरा। फिर शायद कुछ सोचकर ससम्मान बैठाया। नींबू-पानी ऑफर किया और मुझसे अजीबो-ग़रीब बातें कहीं—

''सर, लगता है आपका मन ठीक नहीं है। बैंक ही सबसे अधिक विश्वसनीय हैं। जो बैंक पर विश्वास नहीं कर सकता, वह भला फिर किस पर विश्वास करेगा। करोड़ों लोगों के पैसे बैंकों में जमा हैं। आपको कोई सदमा लगा है। आप किसी दुष्प्रचार के शॉक में हैं। वैसे इनके मैच्युअर होने में सात साल बाक़ी हैं, अभी तोड़कर पैसा लेंगे तो ब्याज का भारी नुकसान होगा। पिछले तीन सालों में हर महीने दिए गए ब्याज में से वसूली होगी। आगे ब्याज दरें और कम होंगी। आपकी जमाराशि पर अच्छा-ख़ासा ब्याज चालू है। आप

पढ़े-लिखे समझदार आदमी हैं। अपना अहित क्यों करना चाहते हैं। बुढ़ापा कैसे कटेगा। आप मेरे पिता समान हैं। मैं आपको ये एफ डी नहीं तोड़ने दूँगा।''

आप उसके अंतिम वाक्य से समझ गए होंगे कि मैनेजर कतई भरोसे का आदमी नहीं। यह मुझे बाप बनाने को तैयार है लेकिन पैसा देने को तैयार नहीं है। इस पर भला कैसे विश्वास किया जा सकता है। मैंने ज़ोर देकर कहा कि नहीं, मुझे मेरे सारे रुपये चाहिए। नक़द चाहिए। मैनेजर ने कठोरता से कहा कि नहीं, नक़द पैसे नहीं मिल सकते। आपके बचत खाते में जाएँगे। उसमें से आप निकाल सकते हैं। एक बार में नक़द राशि निकालने के लिए नियम हैं, सीमाएँ हैं। शादी, बीमारी, मृत्यु हो तो अलग बात है वरना पैसे नक़द नहीं दिए जा सकते हैं। ऐसे तो हर कोई पैसे निकाल लेगा। अराजकता फैल जाएगी। बैंक डूब जाएँगें। रिज़र्व बैंक और आयकर विभाग ने सोच-समझकर नियम बनाए हैं।

मुझे पहले ही आशंका हो चली थी कि यह आदमी और यह बैंक ठीक नहीं है। यह पैसे न देने के लिए किसी भी सीमा तक जा सकता है। बात रिज़र्व बैंक और आयकर विभाग तक पहुँच गई है। अब तय है कि रिज़र्व बैंक का भी विश्वास नहीं किया जा सकता। जो संस्थाएँ मिलकर पूरी ताक़त यह नियम बनाने में लगा दें कि आदमी अपना पैसा नक़द न ले सके, उन पर कोई भला कैसे विश्वास कर सकता है।

मेरे चेहरे पर आक्रोश भरी असहायता झलक आई होगी। इसलिए उसने कुछ चिंताजनक नरमी से पूछा, या कहा या ताना दिया—''अंकल, इतने सारे पैसे आप बैंक में नहीं रखेंगे, तो फिर कहाँ रखेंगे। शेयर बाज़ार में लगाएँगे या तीन पत्ती खेलेंगे। या क्रिप्टो करंसी में।'' आख़िर मुझे कहना पड़ा कि आप शेयर बाज़ार का नाम मत लो। उसका हिन्दी अनुवाद रसातल है। तीन पत्ती का मैं रेडिकल रूप से विरोधी हूँ। और यह क्रिप्टो करंसी क्या होती है। और आपको इससे क्या कि मैं अपने पैसे का क्या करूँगा। नाली में फेकूँगा। मैंने उसे यह नहीं बताया कि दरअसल, वे रुपये उस पलंग के अंदर बने बॉक्स में रखूँगा, जिस पर मैं सोता हूँ। दीमक और कीड़ों के ख़िलाफ़ मैंने पूरे पलंग का ट्रीटमेंट करा लिया है। स्पष्ट कर दूँ कि उस ट्रीटमेंट पर भी मेरा पूरा भरोसा नहीं है, मगर मैं रोज़ाना सुबह उठकर जाँच तो कर सकता हूँ और ज़रूरत

पड़ने पर धन की रक्षा के लिए क़दम उठा सकता हूँ। ब्याज गया भाड़ में, अविश्वास इतना पुख़्ता और साफ़-सुथरा है कि ये बैंक आपकी मूल राशि ग़ायब कर सकते हैं। कह देंगे कि आपकी जमाराशि के पेटे जिन्हें क़र्ज़ दिया था, वे सब बेईमान निकले। और ज़माना ऐसा है कि बेईमानों की सज़ा उन्हें मिलती है जो बेईमान नहीं हो सके। पिछले महीने इसका बिल भी ध्वनि मत से पारित हो चुका है।

थक-हारकर मुझे बिना अपने पैसे लिए बैंक से वापस आना पड़ा। क्योंकि निर्णायक बात की तरह मैनेजर ने बताया कि इन जमाराशियों पर आपकी पत्नी का नाम संयुक्त रूप से दर्ज है। भुगतान के लिए आपको इनके दस्तख़त लाना पड़ेंगे, बल्कि उन्हें यहाँ बैंक में लाएँ तो अच्छा क्योंकि स्त्रियों के दस्तख़त अकसर ग़लत हो जाते हैं, वे भूल जाती हैं कि उन्होंने आख़िर किस तरह से हस्ताक्षर किए थे। तभी आगे कार्रवाई हो सकती है। कार्रवाई यानी नक़द देने की नहीं, राशि को बचत खाते में ट्रांसफ़र करने की। मैं कोई साइको नहीं हूँ कि मुझे यों ही, अकारण अविश्वास होता चला जा रहा है। आप देख ही रहे हैं कि मेरा पैसा मुझ को नहीं दिया जा रहा है। रिज़र्व बैंक, आयकर विभाग, इन दो की सीधी साँठगाँठ, मिलीभगत की तस्दीक़ मैनेजर ने ही कर दी है। मेरे शक के दायरे में ये पहले से ही थे। मुझे तो मैनेजर की यह बात भी संदेहास्पद लगी कि वह मेरी पत्नी को बैंक बुलाना चाहता है। हस्ताक्षर लो, कौन मना करता है। मगर नहीं। इनके दिमाग़ में कितनी चालें हैं, भला कौन समझ सकता है। मैं अविश्वासी लोगों से ही नहीं, अविश्वासी संस्थाओं से भी घिर चुका हूँ।

दुर्दिन ये हैं कि अब मैं पत्नी पर भी विश्वास नहीं कर पाता। वह किसी बैंक से भी अधिक अविश्वसनीय है। उसके दस्तख़त लेने से कहीं अधिक आसान है कि मैं गवर्नर के दस्तख़त ले आऊँ। हालाँकि गवर्नर ख़ुद ही सार्वजनिक रूप से अविश्वसनीय कर दिए गए हैं। रातों-रात अचानक कह दिया जाता है कि अब गवर्नर साहब के दस्तख़त मान्य नहीं रहेंगे। जहाँ, जिन काग़ज़ों पर भी उन्होंने हस्ताक्षर किए हैं, वचन दिया है, वे सब एक झटके में, अचानक ही, पतझर में सूखकर गिर गए जर्जर पीले पत्तों में बदल जाते हैं। मैनेजर के पास दस बहाने थे कि वह पैसा नहीं देगा, पत्नी के पास

कम-से-कम पंद्रह बहाने होंगे। सबसे बड़ा तो यही कि जैसे ही कहूँगा कि बैंक से पैसे निकालकर घर में रखने हैं, वह बेहोश हो जाएगी। सच में या अभिनय में, ऐसा कुछ विश्वासपूर्वक नहीं कहा जा सकता। लेकिन तय है कि वह दस्तख़त नहीं करेगी। नहीं, उस पर भी विश्वास नहीं किया जा सकता।

लेकिन मैं नकारात्मक व्यक्ति नहीं हूँ। तार्किक हूँ। औचित्य वग़ैरह समझता हूँ। इसलिए कुछ चीज़ों पर अभी मेरा विश्वास क़ायम है। जैसे मुझे मेरे कहीं मार दिए जाने या अचानक मर जाने का विश्वास है। दर्शन भी यही कहता है कि कोई भी, कहीं भी, किसी भी क्षण मर सकता है। इसमें किसी तरह के अविश्वास की गुंजाइश नहीं। जब आप जीवन में विश्वास करने लगते हैं, ठीक उसी समय आपको मार दिया जाता है। कई बार आपके मरने का समाचार प्रसारित कर दिया जाता है। आप ख़ुद उसे पढ़ते हैं। प्रिंट में, सोशल मीडिया पर, टीवी स्क्रीन के नीचे चल रही पट्टी पर। आपको अपने मरने का भरोसा करना पड़ता है। जीवित रहने की इच्छा बलवती रहती है मगर जीवित रहने पर से विश्वास उठ जाता है। आप हर क्षण प्रमाणित करते नहीं रह सकते कि आप जीवित हैं, जीवित हैं। लोगों पर भी यक़ीन नहीं रहा कि वे आसानी से आपके ज़िन्दा होने पर भरोसा करेंगे। उन्हें और भी ज़रूरी काम हैं। उनकी और भी कुछ आस्थाएँ हैं, उनके अपने विश्वास हैं।

कहानी उतनी लंबी हो जाएगी कि उसकी रस्सी बनाकर पृथ्वी के चार चक्कर लगाए जा सकें, यदि मैं हर चीज़ पूरे विवरण के साथ बताने लग जाऊँ कि किस-किस तरह सभी चीज़ों पर से, जड़-चेतन से मेरा विश्वास उठता चला गया है। यह अचानक नहीं हुआ। यह अविश्वास मैंने ऐतिहासिक रूप से अर्जित किया है। यह मनुष्य प्रजाति के लिए काफ़ी हद तक आनुवांशिक है। मानवीय, विवेकसम्मत और वैज्ञानिक है। विचार करेंगे तो आप ख़ुद ही कह उठेंगे कि हाँ, साहब, आप सही कह रहे हैं, सभ्यता के इस कंटीले, अंधे मोड़ पर कोई समझदार आदमी किसी दूसरे पर विश्वास नहीं कर सकता।

ऐसा नहीं कि मनुष्यों पर, चीज़ों पर, अपने आसपास पर मेरा कभी विश्वास नहीं रहा। था। बिल्कुल था। कई चीज़ों पर। कई लोगों पर। क़िस्से-कहानियों और मुहावरों पर। आश्वासनों पर। सूक्तियों पर। सुभाषितों पर। सब कुछ पर चार साल पहले, कुछ पर सात या दस साल पहले, अनेक पर पंद्रह,

पच्चीस, पचास साल पहले बहुत विश्वास था। लेकिन बिछुड़े सभी बारी-बारी की तर्ज़ पर विश्वास का यह संकट इधर गहराता ही चला जा रहा है। जैसे विश्वास किसी घाटी की तीखी ढलान पर लुढ़कता चला जा रहा है। सरपट। मैंने ईश्वर तक पर वर्षों विश्वास किया।

हाथ क्या आया—वही अविश्वास।

क्षेपक:

आगे बढ़ने से पहले एक टूटी हुई, बिखरी हुई, संक्षिप्त सूची पेश करता हूँ:
गाय। कचहरी। शेयर बाज़ार। सांसद। दवाई। ट्रेन। संपादक। ज्योतिषी। ब्लड रिपोर्ट। पुजारी। दूध। पानी। वोल्टेज़। मोबाइल। टमाटर। एंटीवाइरस। तहसील। वकील। नल की टोंटी। क्लर्क। ए टी एम। अभिनेता। सड़क पर पड़ी गेंद। कुत्ता। गूगल। अदरक। कील। चुनाव आयोग। पहलवान। थाना। अख़बार। अमीरी। ऐंकर। चश्मा। विधायक। आप ख़ुद सोचिए, हज़ारों जीवित-अजीवित चीज़ें आपको भी एकदम या धीरे-धीरे याद आएँगी, जिन पर आप रोज़ इस तरह विश्वास करते आए हैं मानो उन पर विश्वास तो रहा लेकिन कभी पक्का विश्वास नहीं रहा। जैसे—सैनेटाइज़र। भिखारी। हैल्मेट। सचिव। एक्स-रे। मोटर-साइकिल। नगर-पालिका। पंचकर्म। ताना-बाना। कोषाध्यक्ष। ऊन। ज़िलाधीश। धर्मस्थल। स्कूल। भालू। सरपंच। डॉक्टर। बीमा। घड़ी। कार्सिनोमा। मास्क। क्रिकेट। बागड़बिल्ला। याद्दाश्त। रिश्तेदार। पड़ोसी। एक बार फिर कचहरी। अब यह सोचना पड़ता है कि संसार में ये सब संज्ञाएँ, विशेषण और चीज़ें सिर्फ़ हैं या आपके लिए भी हैं। बस, इसी बात में सारा मर्म छिपा है। जिन्होंने विश्वास किया उन्होंने ही विश्वासघात सहा। आप महज़ किसी अंधविश्वास की तरह उन पर विश्वास कर सकते हैं। वक्त के साथ यह विकल्प भी ख़त्म हो रहा है। मानो तमाम कंपनियों की 'एक के साथ एक मुफ़्त' अथवा एक्सचेंज की योजना थी।

अब नहीं है।

मेरे जैसे आम आदमी के लिए, जिसकी बुद्धिमत्ता और भलमनसाहत केवल विश्वास करने में सुखी थी, सबसे कष्टकारी उद्घाटन यह हुआ है कि यदि किसी को भरोसे में कुछ दे दिया है या किसी ने आपसे सरेआम ले

लिया है तो वह वापस नहीं देगा। चाहे उसने वचन-पत्र दिया हो, कॉर्पोरेट की गारंटी दी हो, पिताजी की गवाही हो, सेबी का आश्वासन हो, या संसदीय कार्यवाही के रिकॉर्ड में ही क्यों दर्ज न हो। वापस देने से कोई मना नहीं करेगा लेकिन देगा नहीं। बैंक का उदाहरण विस्तार से दे चुका हूँ। चाहें तो बैंक जाकर आज़मा लें। लेकिन आप आसानी से मानेंगे नहीं। इसलिए और आपबीती सुनाता हूँ—

मैं चार बच्चों का पिता हुआ। दो बेटियाँ, जिन्हें जिन घरों में दिया, वे वहाँ से कभी वापस नहीं आईं। (वह एक अलग कहानी है।) और दो बेटे। एक था, एक है। दोनों सेना में। बड़ा, जेट विमान से आक्रमण करनेवाला अधिकारी। छोटा, थल सेना में मध्यम श्रेणी का अधिकारी। जिसकी पोस्टिंग्स का कभी पता नहीं चलता। गोपनीयता, सम्मान और नैतिक दबावों के कारण पदनाम नहीं बता सकता। एक क्षणिक गर्वीले युद्ध में वायुसेना अधिकारी बेटा वीरगति को प्राप्त हुआ। यानी मर गया। अकाल कालकवलित। हम पर वज्रपात हो गया। जो भी कह लें, वह नहीं रहा। झंझट मिटाने के लिए कहने को तैयार हूँ कि हाँ भाई, वह शहीद हो गया। अन्य किसी बेहतर और सच्ची अभिव्यक्ति की अनुमति नहीं है। मैं बासठ बरस का और साठ की मेरी पत्नी, हम घबरा गए। अकेले और अवसादग्रस्त हो गए। बच्चों के न रहने से बूढ़े अनाथ हो जाते हैं। हम अनाथ हो गए। तब मैंने कोशिश की कि अपने दूसरे बेटे को सेना से वापस ले आऊँ, उसे सिविलियन बना लूँ। वह घर में, आँखों के सामने रहेगा तो जीवित रहने लायक रोशनी बनी रहेगी। जैसे-तैसे सबका जीवन मिल-जुलकर कट जाएगा। गुहार लगाई कि हे सरकार, मेरा एक बच्चा आपके लिए न्यौछावर हो चुका है, अब दूसरे बच्चे को हम हमारे पास, घर बुलाना चाहते हैं। बदले में बातचीत, समझाइश और पत्राचार से जो हासिल हुआ, उसका सारांश यह रहा—

''नौ साल बाद विचार हो सकता है। अभी लंबा टर्म बाक़ी है। वह देश की अमानत है। आप अमानत में ख़यानत नहीं डाल सकते। किसी के मरने पर भी नियमों का उल्लंघन संभव नहीं। यह एक चरम अनुशासित संस्था है। आप लिख रहे हैं कि वह सरकार पर न्यौछावर हो गया। यह एकदम आपत्तिजनक है। शायद दुख में आपने ग़लत शब्द का इस्तेमाल कर दिया। उसने सरकार के

लिए नहीं, देश के लिए बलिदान दिया है। सरकार अनिश्चित है, देश अमर है। शहीद को जितनी संचित निधि मिलती है और जो शानदार पैंशन है, कैंटीन की सुविधा रहेगी, इस सब पर आपको गर्व होना चाहिए। राष्ट्र ने प्रशिक्षण पर आपके बेटे के लिए व्यय किया, उसे इंसान से सैनिक बनाया, उस ख़र्च का दस प्रतिशत भी आप नहीं चुका सकते। आपके इस बेटे पर भी पूरे राष्ट्र ने निवेश किया है। आप किस हैसियत से अपना बेटा वापस माँग सकते हैं। यह आपका बेटा है लेकिन काग़ज़ों में है, जीवन में नहीं है। वह देश की संपत्ति है। अब यह आपके अधिकार में नहीं। हमारे अधिकार में नहीं। महामहिम कुछ कर सकते हैं लेकिन केवल उनके अख़्तियार में नहीं है। दो-तिहाई बहुमत से कुछ संभावना है लेकिन वह मुमकिन नहीं। इसलिए आपका यह आवेदन भावुक और कायराना है। हमारे पास सेवा शर्तों पर सहमति में हस्ताक्षर हैं। वैसे आपको क्या अधिकार है कि किसी वयस्क व्यक्ति की तरफ़ से आप कोई आवेदन दें। आपकी इस हरकत से आपका बच्चा भावुक हो सकता है। बहक सकता है। ख़ुद भी घर जाने की ज़िद कर सकता है। तब हमारे पास कोर्ट मार्शल का तरीक़ा बचेगा। आप गंभीरता समझिए। आप पर दुष्प्रेरणा का मुक़दमा चल सकता है। हम आपकी भावनाएँ समझते हैं लेकिन आप इतने बहादुर बच्चों के जन्मदाता होकर अनुशासन और कर्तव्य भूल रहे हैं। पूरा देश और देशवासी आपके साथ हैं, आप अकेले नहीं हैं। आप अपने कैंसर से मत डरिये, आप उसे हरा देंगे। देश के सारे बेटे आपके बेटे हैं। हमें आपके ऊपर अभिमान है। विश्वास करें, वैसे वह इतना वीर है कि कोई उसका बाल बाँका नहीं कर सकता। वह मार सकता है, मर नहीं सकता। भरोसा रखें।''

फिर वही भरोसा।

आप समझ गए होंगे कि कुल मिलाकर मेरा बेटा मुझे वापस नहीं दिया। देश भर के युवाओं को मेरा बेटा बनाना चाहते हैं लेकिन मेरा बेटा मुझे नहीं दे सकते। रूल इज़ रूल। जैसे बैंक मुझे पिता मान सकता है लेकिन पैसा नहीं देगा। ये कहते हैं कि नौ बरस बाद विचार होगा। डॉक्टर कहता है कि प्रोस्टेट कैंसर के मद्देनज़र मेरे पास तीन-चार साल ही बचे हैं। बाक़ी चीज़ें मैं सहन कर लूँ लेकिन उनकी निष्कर्षात्मक बात नहीं पचा सकता—''भरोसा रखें।'' अरे, भरोसे की खूँटी से ही बाँधकर यह सब हुआ। विश्वास ही तो उखड़ गया

है। कई नियम थे जिनके शब्दों को पढ़कर लगता था कि ये मेरे पक्ष में हैं मगर हर जगह नियमों की व्याख्याएँ मेरे ख़िलाफ़ थीं। मनमाने अपवाद थे। इसलिए अब पूर्ण विश्वास हो चुका है कि जो कुछ अपना वापस लेना चाहता हूँ, वह कभी नहीं मिल सकता। किसी को भी नहीं।

यह अविश्वास कोई दु:स्वप्न नहीं है, नग्न यथार्थ है।

अविश्वास ही ज़िन्दगी का हासिल है।

धीरे-धीरे मुझे मेरी इस पुश्तैनी डेढ़ एकड़ ज़मीन पर भी विश्वास नहीं रहा।

पहले इससे बीस क्विंटल फसल लेता था। अब छह क्विंटल हाथ में आती है। मिट्टी में काले रंग के अलावा काली मिट्टी का कोई दूसरा गुण नहीं रह गया है। जामुन के पेड़ से जामुन ही मिलेंगे, यह भरोसा भी नष्ट हो चुका है। वैज्ञानिकों ने यह कर दिखाया है। जो घर से बाहर जा रहा है, भरोसा नहीं कि वह शाम तक सही-सलामत वापस आएगा। बल्कि आशंका और अविश्वास ही निश्चित है। बाक़ी सब अनिश्चित है। पहले यह दस-पंद्रह प्रतिशत था, अब बढ़कर एक सौ प्रतिशत हो चुका है। आप जिरह मत कीजिए, पिचानवे प्रतिशत मान लीजिए।

पड़ोस में रहनेवाले मेरे पुराने दोस्त शिरोड़कर जी का ही वाक़िया लें। वही शिरोड़कर जी, जो मेरे साथ शतरंज खेलते थे और कभी-कभार जिनके साथ मैं घर पर ही फ़िल्म देखता था। वे तीन दिन पहले रात में पलंग से अचानक गिर गए। आज अस्पताल से वापस आए। सफ़ेद पोलीथीन में पैक। जैसे ही ऐम्बुलैंस उन्हें ज़मीन पर रखकर गई, पोलीथेन पैक में हरकत हुई। वे ज़िन्दा निकले। लेकिन मैं विश्वास नहीं करता कि वे ज़िन्दा हैं। वे ख़ुद भी विश्वास नहीं करते। अब तो धीरे-धीरे पूरा मोहल्ला विश्वास नहीं करता। उनके घरवाले भी नहीं। सब कहते हैं कि ये शिरोड़कर जी नहीं हैं, शिरोड़कर जी का पुतला है। अब वे मेरे साथ शतरंज नहीं खेलते। आग्रह करता हूँ तो वे बर्गमैन की फ़िल्में याद करने लगते हैं और उठकर चल देते हैं। कहते हैं कि पूरा पैसा इलाज में लग गया। विश्वास करो, यही सच्ची मृत्यु है। ग़रीब आदमी जीवित प्रेत हो जाता है। मैं उनकी बात पर विश्वास नहीं करता। मरे

हुए आदमी की बात पर क्या भरोसा करना। असल में आदमी जब तक ख़ुद इस तरह नहीं मर जाता, वह विश्वास कर भी नहीं सकता। यही समस्या है।

निचोड़ यह कि ज्यों-ज्यों सभ्यता का विकास होता चला जाता है, उतना ही विश्वास का संकट गहरा जाता है। अब वैश्विक सभ्यता, विकास के अंतिम कगार पर है, यानी 'कृत्रिम बुद्धिमत्ता' चलन में आ रही है। किंआश्चर्यम् कि मनुष्य भी बुद्धिमानी के लिए यंत्रों की तरफ़ टुकुर-टुकुर देखने लगे हैं। मनुष्यों का मनुष्यों के प्रति, मनुष्यों द्वारा बनाई नैतिकताओं और संस्थाओं पर विश्वास ख़त्म हो गया है। विकास की क़ीमत नाना प्रकार से चुकानी पड़ती है।

इधर मेरी आँखों से आँसू निकलने बंद हो गए थे। पहले ज़रा से सुख और ज़रा से दुख में आँसू बहने लगते थे। जबड़ों तक आ जाते थे, लेटो तो कानों तक। सीने में गोला फँस जाता था। हिचकियाँ आने लगती थीं। रोने में शर्म नहीं आती थी। मैंने विशेषज्ञ डॉक्टर को बताया कि देखिए, अब न रोना आता है, न आँसू, न हिचकियाँ, न गोला फँसता है। पेट में दुख की मरोड़ भी नहीं उठती। पलकें तक गीली नहीं होतीं। रोने के ख़याल से ही शर्म आने लगती है। विशेषज्ञ ने तीन विज़िटिंग कार्ड देकर कहा कि आप छाती में गोले के लिए चेस्ट फ़िज़ीशियन के पास जाइए, हिचकियाँ और मरोड़ लाने के लिए उदर रोग क्लिनिक में। और आँसुओं के लिए 'टीअर बैंक' का कार्ड आपको दिया है। वे कुछ कर सकें तो ठीक है वरना चिंता की कोई बात नहीं। और शर्म के लिए कुछ नहीं किया जा सकता। फिर भी आप सिर की एम आर आई करा के बता दें। यह बीमारी नहीं है, इसलिए कोई चिकित्सा नहीं। यह विकलांगता है। समाज की और मनुष्य की आयु बढ़ने के साथ यह आती है। इसका सिर्फ़ प्रबंधन किया जा सकता है। अब भला इतनी ऊटपटाँग बातों पर कोई स्वस्थ आदमी विश्वास कर सकता है? अंतत: विशेषज्ञताओं से भी मेरा विश्वास उठ गया। इसलिए मैं चुपचाप घर आ गया। अब न रोने में ही संतोष है।

मैंने और तमाम तरह की कोशिशें और हरकतें कीं ताकि कुछ यक़ीन क़ायम रह सकें। मगर हमेशा निराशा हाथ लगी। चाहने पर भी हासिल कुछ नहीं हुआ। जैसे, मैं गली के मंदिर के लिए दी गई एक डम्पर ईंटें और रेत वापस चाहता था क्योंकि उस जगह पार्षद ने डेयरी बना ली थी। जीवन की

ना-कुछ सफलताओं को वापस करके, अपनी असफलताएँ चाहता था। मैं और अधिक अपना जीवन नहीं उजाड़ना चाहता था। जो नारे लगाए थे, वे भी वापस लेना चाहता था, जिनके लिए नारे लगाए थे, वे उनके लिए नारे लगा रहे थे जिनके ख़िलाफ़ मुझसे नारे लगवाए गए थे। लाइब्रेरी में दी गई अपनी किताबें वापस लेना चाहता था क्योंकि लाइब्रेरी तोड़कर वहाँ मॉल बनाया जा रहा था। लेकिन पता चला कि वे पुस्तकें तो पहले ही रद्दी में बेची जा चुकी हैं। इनमें से मैं कुछ भी वापस प्राप्त नहीं कर सका।

बुक-मार्कर तक नहीं।

अब विश्वासपूर्वक कह सकता हूँ कि अपना कुछ भी वापस नहीं मिल सकता। जो विश्वास मुझे अपने जन्म से पहले और बाद में दिए गए, वे भी नहीं। इनमें से कुछ 1965 में, कुछ 1971, 1975, 1984 में, कुछ 1992, 2002, 2014, 2019 और 2022 में छीन लिए गए हैं। क्रम जारी है। अब विश्वास के मामले में कंगाल हूँ। दिवालिया। मेरी उसी थाली में अनगिनत छेद किए गए जिसमें एक साथ खाना खाया था। अब विश्वास की थाली बजाता हूँ तो उसमें से चलनी बजाये जाने जितनी आवाज़ भी नहीं निकलती। कभी-कभार बस गों-गों की आवाज़ निकलती है। ज्यादा ज़ोर लगाओ तो खाँसी के साथ खखार निकल आती है।

हालात यहाँ तक आ गए हैं कि गाँव-शहर में, दिन में, रात में, धुँधलके में, धूप में, बारिश में, किसी से रास्ता पूछो तो वह ऐसा रास्ता बताता है कि जहाँ जाना चाहते हैं, वहाँ पहुँच नहीं सकते। लेकिन मैं उम्मीद और ज़िद में चलता जाता हूँ। तमाम लोगों ने मेरा विश्वास तोड़ा है परन्तु जर्जर आशा को मैंने कभी कंधे से नीचे नहीं उतारा। यह मेरे विश्वास के निर्जन होने की कहानी है, आशा के उजड़ने की नहीं। अभी कुछ एकदम नयी चीज़ें हैं, एकदम नये मनुष्य हैं जो मुझे उतना विश्वास देते हैं कि प्राणवायु मिलती रहे। जैसे घास के ये सफ़ेद-बैंगनी फूल जो कल खिलने को थे और आज खिल गए हैं। जैसे ये बच्चे जो किलकारी भर रहे हैं। आप रास्ता ग़लत बताते हैं तो मैं चिड़ियों को, बादलों को, खुरों-पंजों के निशानों, पुराने बरगद के पेड़ों और तारों को देखते हुए और अपने चलते रहने से, देर-सबेर उस जगह पहुँच जाता हूँ, जहाँ का रास्ता आपसे पूछा था। पक्षियों, जानवरों, तारों, बच्चों, मेघों, वृक्षों और

घास के फूलों पर अभी भरोसा बना हुआ है। ये कुछ अंतिम भरोसे हैं। जैसे यह एक अनजान आदमी, जिससे मैंने पानी माँगा तो उसने पीने का पानी ही दिया। शीतोष्ण और प्यास बुझानेवाला। मुश्किल यह है कि लोग इनका विश्वास भी तोड़ देते हैं।

जिनका नाम विश्वास है, वे भी विश्वास तोड़ रहे हैं।

कोशिकाएँ ख़त्म होती हैं तो रोज़ नयी बन जाती हैं लेकिन शरीर की एक उम्र आती है जब कोशिकाएँ नष्ट तो होती हैं मगर वापस उतनी नयी नहीं बनतीं। मेरे विश्वासों का भी ऐसा दुष्चक्र बन गया है। विश्वास नष्ट हो रहे हैं और नये बन नहीं रहे हैं। मेरे पिछले बीस-पच्चीस साल विश्वास टूटने, खोने की कहानी है। लोगों को यह कहानी, कहानी नहीं लगती। लोगों के पास भी तो अपने-अपने विश्वास-अविश्वास हैं। अधिकांश सभी को परंपरागत, पुरातन और झूठी कहानियाँ ही सचमुच की कहानियाँ लगती हैं।

ठीक है, आप मत कीजिए विश्वास।

आप पर से मेरा विश्वास भी तो उठ चुका है कि जिस तरह आप रह रहे हैं, जैसा जीवन जी रहे हैं, जिस तरह मज़े में खा-पी-सो रहे हैं और जिस हाल में पड़े-पड़े ख़ुश हैं, उसमें आप इस दुनिया की कोई नयी कहानी न तो लिख सकते हैं और न बना सकते हैं। दरअसल आप तो कहानी को कहानी भी नहीं कह सकते।

(2021)

जीभी

स्मृति का मूल्य विस्मृति से ही है। और विस्मृति मुझमें आनुवांशिक रूप से भरपूर मौजूद है। मेरी दादी मेरे दादा की कमज़ोर याद्दाश्त के कई मनोरंजक क़िस्से सुनाती रही हैं। माँ भी पिताजी को भुलक्कड़ कहती थीं। वे यात्रा पर जाएँ और कुछ भूलकर न आएँ, ऐसा हो नहीं सकता था। अब यही बात मेरी पत्नी मेरे बारे में दावे से कहती है। संतोष यही है कि ऐसा कहते हुए उसे दूसरी स्त्रियों से पता चलता है कि लगभग सभी लोग यात्रा पर जाते हैं, प्रवास से लौटते हैं तो कुछ-न-कुछ भूलकर ही आते हैं। इस दृष्टि से देखा जाए तो विस्मृति, मनुष्य मात्र का गुणसूत्रीय लक्षण है। इसमें कुछ नये आयाम हर आदमी अपनी प्रतिभा और व्यक्तिगत पराक्रम से भी अर्जित कर लेता है।

लेकिन पिछली कुछ यात्राओं से मैंने विरले उदाहरण पेश किये हैं। मैं कुछ भी भूलकर नहीं आता। अंडरवियर्स, चप्पल, पायजामा, नेलकटर, टूथब्रश, तौलिया, चश्मे का केस, शेविंग क्रीम, पानी की बॉटल, कंघा। और हाँ, अब तो मोबाइल भी। वापसी यात्रा में जो अख़बार ख़रीदता हूँ, वह भी बैग में डालकर ले आता हूँ। दो-तीन सालों से मैं अपनी याद्दाश्त का सिक्का जमा चुका हूँ। लेकिन इस बार दो चूकें हो गईं। एक, मैं जीभी भूल आया। दूसरे, बाथरूम से आवाज़ लगाकर मैंने अर्चना से कहा कि मेरे शेविंग किट में से जीभी निकालकर दो। इस तरह पत्नी को सबसे पहले मालूम हुआ कि मैं जीभी भूलकर आ चुका हूँ। वर्षों में हुई इस भूल को उसने क्षमा कर दिया।

तीन-चार दिन जीभी के बिना ही निकल गये। रोज़ सुबह उसकी याद आती, जैसे-तैसे टूथब्रश से कुछ काम निकालता लेकिन वह तसल्ली और सफ़ाई कहाँ जो जीभी से ही मुमकिन होती है। आख़िर, मोबाइल पर शाम 7 बजे का रिमाइन्डर लगाया। तय किया कि आज ऑफ़िस से जल्दी उठूँगा।

न्यू मार्केट में सब तरह की दुकानें हैं। मैंने दो काउंटरवाले एक डिपार्टमेन्टल स्टोर में जाकर कहा—''जीभी दिखाएँ।'' शाम का वक्त था। ज़ाहिर है कुछ भीड़भाड़ भी थी। जिस काउंटर पर मैंने यह कहा, उस समय वहाँ खड़ा आदमी, किसी संभ्रांत दिखती महिला के लिए काजू तौल रहा था। उसने कुछ कठोर लहजे में जवाब दिया—''यहाँ जीभी नहीं मिलती।'' मुझे कुछ आश्चर्य हुआ। उस दुकान में तरह-तरह का सामान भरा हुआ था। टूथपेस्ट और टूथब्रश भी एक रैक में जमे हुए दिख रहे थे। तो क्या जीभी इतनी छोटी-मोटी, बेकार सी चीज़ है कि उसकी कोई जगह नहीं रह गयी है? अथवा यह दुकानदार किसी अतिपवित्रतावादी विचार से पीड़ित है। लेकिन मैंने देखा कि उसके यहाँ हार्पिक भी रखा था और टॉयलेट साफ़ करनेवाले ब्रश भी लटके थे।

मुझे लगा शायद काजू जैसे अभिजात्य खाद्य को तौले जाते समय जीभी जैसी चीज़ के बारे में पूछना ठीक नहीं रहा होगा। फिर भी मैं ग्राहक था और मुझे ठीक तरह उत्तर दिया जाना चाहिए था। मैं दूसरे काउंटर पर भी जाकर दरियाफ़्त कर सकता था और मुझे नमकीन और बिस्किट भी ख़रीदना था लेकिन उसके जवाब के लहजे ने मुझे आहत कर दिया था इसलिए तय किया कि इस 'अक्खड़ स्टोर' से कुछ नहीं ख़रीदना।

क्रॉकरी की दुकान पार करने के बाद एक छोटा-सा जनरल स्टोर था। वहाँ चार-पाँच ग्राहक खड़े थे। दो स्त्रियाँ भी थीं। मैं एक कोने में खड़ा होकर अपनी बारी का इंतज़ार जैसा कुछ करने लगा। दुकानदार एक बुजुर्ग व्यक्ति था और एक कमउम्र लड़का, जो नाक़-नक़्श से उसका बेटा लगता था, शाम की भीड़ के मद्देनज़र, उसकी मदद कर रहा था। लड़के की निगाह मुझ पर पड़ी, वह पाँच-छह जेबोंवाली, नयी काट की जीन कार्गो पहने था जिसमें दो जेबें घुटनों के बग़ल में अनिवार्य रूप से होती हैं। उसने भवें मटकाकार इशारे में पूछा, ''क्या चाहिए।'' मैंने कुछ सकुचाते हुए और इस तरह कि कहीं बहुत ज़ोर से न बोल जाऊँ, कहा, ''जीभी दिखाओ।'' सुनकर उसने अजीब सा चेहरा बनाया और सुन-समझ न पाने का भाव लाते हुए पूछ, ''क्या चाहिए?'' अनावश्यक ही मैं कुछ घबरा गया। फिर भी मैंने गला खखारते हुए कुछ ज़ोर से कहा, ''जीभी। जीभी दिखाओ।'' हो सकता है मेरा उच्चारण दोष रहा हो अथवा उसकी अपनी कोई समझ रही हो, उसने कहा, ''मैं जीभ क्यों दिखाऊँ?

आपको क्या चाहिए, वह बताइए।'' अब तक पास खड़े एक ग्राहक का ध्यान हमारे इस संक्षिप्त वार्तालाप पर चला गया था। उन्होंने हस्तक्षेप करते हुए कहा, ''बेटा, ये जीभ दिखाने का नहीं कह रहे हैं, बल्कि जीभी, टंग क्लीनर, माँग रहे हैं।'' मैंने तुरंत उनकी बात के समर्थन में ज़ोर से सिर हिलाया और मुस्कराया ताकि वातावरण कुछ हलका हो सके। उसने कुछ अज्ञानजन्य निराशा और लज्जा से अपने पिता की तरह दिखनेवाले व्यक्ति की तरफ़ देखा। और पूछा, ''हम टंग क्लीनर रखते हैं क्या?'' उसके पितानुमा व्यक्ति ने जवाब मुझे दिया, ''कल ही ख़त्म हो गईं। अब तो जीभी की माँग भी कुछ कम हो गई है। इस बार काफ़ी दिनों में स्टॉक ख़त्म हो पाया।''

''अच्छा!'' मैंने मन-ही-मन सोचा, तो बात 'डिमान्ड और सप्लाई' तक आ गई है। जीभी की माँग कम हो गई है, यह तो बड़ी बुरी ख़बर है। क्या ज़बान की सफ़ाई की ज़रूरत ख़त्म हो गई। या ज़बान अब गंदी ही नहीं होती। या यह गंदगी खाने-पीने के साथ निगल ली जाती है। क्या इसलिए यह दुनिया बदज़बान बनती जा रही है। मुझे इस तरह वहाँ सोच-विचार में खड़ा देखकर दुकानदार ने कहा कि इसी लाइन में चार दुकान छोड़कर 'सब कुछ आपका' जनरल स्टोर में देखें, वहाँ जीभी मिल जाएगी। या फिर परसों तक इंतज़ार करें तो हमारे पास भी आ जाएगी।

मैं जीभी का और इंतज़ार नहीं कर सकता था। कुछ कसैला, गंदा सा स्वाद मुझे अपनी जीभ पर तिरता महसूस हो रहा था। इस अहसास के साथ मैं कुछ काम भी ठीक तरह से नहीं कर सकता था। बल्कि मुझे सोचकर हैरत हो रही थी कि पिछले तीन दिनों से मैं किस तरह जीभी किए बिना अपनी दिनचर्या निबटाता रहा। हालाँकि, भारी कसैली जीभ का ख़याल मेरे साथ हमेशा बना रहा। लेकिन अब, अब मैं जीभी लिए बिना घर नहीं जा सकता। घर जाकर सबसे पहला काम कि अपनी ज़बान साफ़ करूँगा। तब ही चाय पी सकूँगा। बिना जीभी किए अब कुछ भी खाना-पीना मेरे लिए हराम है। यह प्रण रहा। संकल्प हुआ।

'सब कुछ आपका' जनरल स्टोर मेरा देखा हुआ था। उसे देखकर मैं चौंका। उसमें नए काट का काउंटर बन गया था और बहुत सारी अलमारियों में काँच लगा दिए गए थे। कुछ हिस्सों में डिस्प्ले की जगह भी निकल आई

थी। एक आधुनिक स्टोर की झलक और चमक आ गई थी। उसमें घुसते हुए मुझे आशंका हुई कि यहाँ शायद ही जीभी मिल सके। काफ़ी पुकार करने के बाद एक नौकर मेरी तरफ़ आया, उसके हाथों में कैडबरी के चाकलेट थे। मुझे लगा कि इससे पूछूँगा तो एक बार फिर कुछ विरोधाभासी, विलोम या विद्रूप हो सकता है। विद्युतगति से मेरे दिमाग़ में कुछ कौंधा और मैंने बड़ी नफ़ासत से पूछ, ''डू यू हेव टंग क्लीनर?'' नौकर ने पलकें झपकाईं। मैंने कुछ ज़ोर से फिर दोहराया। ''डू यू हेव टंग क्लीनर्स?'' वहाँ राउण्ड लगा रहे एक चमकदार, बैकहम हेयर स्टाइलधारी युवा ने, जो दुकान के मालिकों में से ही कोई रहा होगा, मेरी तरफ़ ध्यान दिया और इशारे से नौकर को अपना काम करते रहने को कहा। वह तत्परता से मेरी तरफ़ मुखातिब हुआ और बोला, ''वेट फॉर वन मिनट सर!'' फिर उसने शीशे की दो-तीन ऊँची अलमारियों की तरफ़ उस तरह देखा जैसे हम किसी सुंदर रात में सिर ऊँचा करके सितारों की ओर या चाँद की तरफ़ देखते हैं। बग़ल में ढाई-तीन फुट की सीढ़ी रखी थी, उस पर चढ़ा। एक अलमारी का शीशा खिसकाया, कुछ चीज़ों को उलटा-पलटा। ओठों को गोल करते हुए उतरा और हाथ झटककर बोला, ''सॉरी सर! लगता है दुकान के रेनवेशन में कहीं रखी गई हैं। आप हमारा फ़ोन नम्बर ले लीजिए। कल पता कर लीजिएगा। छोटी सी चीज़ है, नहीं तो मैं आपके घर ही भिजवा देता। आजकल होम डिलिवरी भी शुरू कर दी है। मगर इतनी सी चीज़ की डिलिवरी नहीं हो पाएगी।'' कहते हुए उसने अपनी दुकान का कार्ड मेरी तरफ़ कर दिया। मैंने एक झटके में उससे कार्ड लिया। ऊँह! फ़ोन पर मालूम करूँ कि बताइए, जीभी आ गई है क्या।

इतनी चमक-दमक। इतनी रौनक़। तरह-तरह की दुकानें। न्यू मार्केट! न्यू मार्केट!! आख़िर यह मार्केट किस काम का, जब यहाँ जीभी नहीं मिल सकती। इसे न्यू कहना तो लानत है। मेरे पास ताक़त हो तो इस न्यू मार्केट को शहर के किसी कोने में भिजवा दूँ और कुछ नहीं तो अभी बस एक पटाखा हो तो कम-से-कम इस न्यू मार्केट में ध्यानाकर्षक धमाका कर दूँ। जीभी नहीं है, जीभी नहीं है। कहते हुए शर्म नहीं आती इन्हें। माँग कम हो गई है। रेनवेशन में कहीं रखी गई। हम जीभी नहीं रखते। इन दुकानदारों के ख़िलाफ़ क़ायदे से तो एफ़ आई आर होनी चाहिए। अरे, जब दुनिया भर का अल्लम-गल्लम

रखते हो। न जाने कैसी चिपचिपी, मलाई भरी, मीठी-नमकीन चीज़ें रखते हो, चॉकलेट, पुडिंग, पिज़्ज़ा, आइस्ड केक रखते हो, जिन्हें आदमी खाएगा तो जीभी करनी ही पड़ेगी। जब हर तरह की अनाप-शनाप चीज़ें दुकान में भर लेते हो तो फिर एक जीभी के लिए जगह क्यों नहीं रखते! क्या दुष्टता है।

अगल-बग़ल, आमने-सामने अब जो दुकानें दिख रही थीं, वे थीं—जूतों की दुकान, सोफ़े के कपड़े और पर्दों की दुकान, साड़ियों की तीन दुकानें जिनमें से एक पर चालीस प्रतिशत छूट का बोर्ड दमक रहा था, दवाई की दुकान, क्रॉकरी की दुकान, बैग-अटैची की दुकान, नक़ली गहने बेचनेवाले की दुकान, स्पोर्ट्स के सामान की दुकान, बिजली के सामान की दुकान, कोने में सलवार-सूट, दुपट्टे-ही-दुपट्टे की रंगीन दुकान, पूजा और अंतिम संस्कार का सामान मिलने की तिरछी दुकान और मिक्सर सुधारनेवाले की छोटी सी गुमटी। उधर आइसक्रीम की दुकान, उसके सामने नीचे मोची बैठा है और उससे थोड़ा आगे विष्णु भगवान का कार्पोरेटी मंदिर। जिसके आगे फूलवालों और फिर फलवालों के ठेले। इनमें से किसी भी जगह जीभी नहीं मिल सकती। पीछे की तरफ़ मुख्य सड़क पर भी ऐसी ही दुकानों की भरमार है। वे कुछ शो-रूम स्टाइल में हैं। वहाँ भी जीभी नहीं मिलेगी। उधर रेमण्ड की दुकान पर भी नहीं, जो 'कम्पलीट मैन' का विज्ञापन संसार भर में प्रचारित करती है। अरे हो! बिना जीभी का कैसा कम्पलीट मैन!

क्या अब मेरे पास एक ही विकल्प रह गया है कि उस क़स्बे में, जहाँ मैं प्रवास पर गया था, अपने दोस्त को फ़ोन लगाऊँ और उससे कहूँ, ''यार, देख, मैं वहाँ अपनी जीभी भूल आया हूँ। उधर बेसिन के ऊपर ही कहीं। चूँकि सुबह सात बजे की बस थी इसलिए हड़बड़ी में भूल आया। भाभी ने निश्चित ही उठाकर रख दी होगी। फेंकी तो नहीं होगी। स्त्रियाँ इस तरह से चीज़ों को फेंकती नहीं हैं। सो, तू पूछ ज़रा कि कहाँ रख दी है। और 'राजपूत बस सर्विस' की सवेरेवाली बस पर ड्राइवर के हाथ पैकिट बनाकर रख दे या फिर कूरियर ही कर दे। पैकिट ऐसे बनाना कि लगे कोई दूसरी काम की चीज़ है, जीभी नहीं। नहीं तो लोग कितना मज़ाक़ बना सकते हैं, इसका कुछ अंदाज़ा मुझे यहाँ लग रहा है। यहाँ मुझे जीभी नहीं मिल रही है। तू भरोसा नहीं करेगा लेकिन यही सच है। नहीं तो तुझे तीन-चार रुपए की चीज़ के लिए क्यों फ़ोन

करता। यक़ीन कर मेरा, मैं न्यू मार्केट में ही खड़ा होकर फ़ोन कर रहा हूँ।''

मैं यही सब सोच रहा था कि सामने एक होर्डिंग पर लगे विज्ञापन पर निगाह गई। जिससे याद आया कि शहर में एक विशालकाय मॉल खुल चुका है। जहाँ सूई से लेकर हाथी तक तमाम चीज़ें उपलब्ध हैं। और हर चीज़ पर या तो डिस्काउण्ट है अथवा फिर एक के साथ एक कुछ मुफ़्त। मॉल रात दस बजे तक खुला रहता है। यहाँ से डेढ़-दो किलोमीटर दूर है। अभी तो आठ भी नहीं बजे थे। बिना जीभी के मैं घर नहीं जाना चाहता था। मुझे अपना संकल्प याद आया। सो मैंने दो रुपए पार्किंग पर चुकाए और मोटर साइकिल से मॉल की तरफ़ चल दिया। वहाँ बीस रुपए की पार्किंग थी। मैंने कोई परवाह नहीं की। आख़िर मुझे जीभी चाहिए थी।

मेरी नहीं, इस मॉल की अग्निपरीक्षा होनी थी। चार मंज़िला विशाल इमारत में घुसते हुए मैंने सोचा कि यहाँ जीभी नहीं मिली तो मैं उत्पात मचा दूँगा। वहाँ अनेक लोग अपनी महाविशाल रिटेल शृंखला का कार्ड गले में लटकाए ऐग्ज़क्टिव की तरह घूम रहे थे और लोग ट्रॉलियों में चुन-चुनकर पसंद का सामान भर रहे थे। मैंने एक कार्डधारी को अपनी तरफ़ बुलाया और कहा, ''मुझे जीभी चाहिए। टंग क्लीनर। किस तरफ़ मिलेंगी ?'' मुझमें कुछ ग़ुस्सा भर गया था और मैं लगभग इस हालत में था कि यदि वह मना करता तो मैं उसे मुक्का मार सकता था। और सबसे बड़ी बात उसके गले में लटकता हुआ वह कार्ड, डोरी समेत खींच सकता था।

उस आदमी ने मुस्कराकर कहा, ''सीधे जाएँ। तीसरी रो में दाहिनी तरफ़, एकदम कोने में।'' मैं जितना प्रसन्न हुआ, उतना ही अचंभित भी। यह मॉल अग्निपरीक्षा में खरा उतरा। वहाँ जाकर देखा। 'ओरल हाइजीन' के नाम से एक कोना था, जिसमें टूथ ब्रश, टूथ पेस्ट, माऊथवॉश, मंजन आदि रखे हुए थे। जीभियाँ कहीं नहीं दिखीं। वहाँ टहलते एक और कार्डधारी को मैंने आवाज़ दी। पूछा, ''टंग क्लीनर कहाँ हैं ?'' उसने बताया, ''ये हैं न! ये आपके ठीक सामने टँगे हैं।'' देखा तो चम्मचों की तरह कुछ चीज़ें लटक रहीं थीं। हार्डपेपर में सील्ड पैक। जैसे आजकल ब्लेड के, चाकुओं और शेविंग क्रीम के पैकिट मिलते हैं। आकृति कुछ बॉटल ओपनर की तरह। हर एक की क़ीमत तीस रुपए थी। मैंने पूछा कि यह किस तरह की जीभियाँ हैं। उसने समझाया कि ये

हैंडलवाले हार्ड प्लास्टिक के नये तरह के टंग क्लीनर्स हैं। आजकल यही चलन में हैं। एक हाथ से ही आप जीभ साफ़ कर सकते हैं। और यह दूसरा मॉडल है, उसने बग़ल में लटके एक दूसरे झुंड की तरफ़ इशारा किया। इसमें इस लीवर का बटन दबाने से यह 'क्लीनर' खुल जाता है। जैसे झटके से चाकू खुलता है। यह सफ़र आदि के लिए अच्छा है। उपयोग के बाद वापस बंद कर दें।

''ठीक है। लेकिन भाई, वे टंग क्लीनर कहाँ हैं जो स्टील या ताँबे के बनते हैं, जो पाँच-छह रुपए में आते हैं। व्ही या यू आकार के।''

''समझ गया सर, लेकिन वे पुरानी क्रिस्म की, नॉन हाइजीनिक चीजें हैं। हम वे सब नहीं मँगाते।'' इससे पहले कि मैं पूछता कि वे जीभियाँ क्यों नॉन हाइजीनिक हैं और इनमें कैसा हाइजीन है, वह तेज़ गति से मुड़कर अदृश्य हो गया।

मैं बेहद निराश, दुखी, आवेशित और पराजित घर लौट आया। बिना जीभी के। मुँह में कसैला स्वाद और ज्यादा तहलका मचाने लगा। इस सोने की लंका को आग लगा देनी चाहिए। ऐसा स्वर्ण-राज्य किस काम का जिसमें स्टील की एक जीभी नहीं मिल सकती। भूख मर चुकी थी। अब मैं खाना तो छोड़िए, चाय भी पी सकने की मन:स्थिति में नहीं था। कुछ मितली जैसा अहसास भी हो रहा था।

मुँह धोने और कुल्ला करने के विचार से बेसिन पर गया तो देखा कि वहाँ एक जीभी रखी हुई है। मोटे स्टील की। ठीक वैसी, जैसी मेरे पास थी और जैसी मुझे पसंद है। जिसे खोजने में मेरी पूरी शाम बरबाद हो गई। अच्छा तो, श्रीमती जी को मेरे शेविंग किट में से, बाद में यह जीभी बरामद हुई। कोई भी चीज़ यह ठीक से नहीं खोज सकती। मैंने ग़ुस्से में आवाज़ लगाई, ''अर्चना!''

''क्या बात है?''

''यह जीभी कहाँ से मिली?''

''मिलेगी कहाँ? यहीं सामने फुटपाथ पर, फुटकर सामान बेचनेवाले जो ठेले लगाते हैं, उनसे दोपहर में ख़रीदकर लाई हूँ। तुम तीन दिनों से परेशान थे, वहाँ जीभी दिख गई तो ले आई।''

''अच्छा, तो अभी ये जीभियाँ इस संसार में, इस शहर में मिल सकती

हैं!'' मैंने कुछ अचरज से कहा। या पूछा। या ख़ुश हुआ। या निश्चिंत।

अर्चना ने मेरी तरफ़ इस तरह देखा कि आख़िर मेरे इस वाक्य का मतलब क्या है। मैं भी नहीं समझ पाया कि मेरी इस बात का, सवाल, शंका या आश्वस्ति का आख़िर क्या मतलब हो सकता है। कंधे उचकाकर मैंने जीभी उठाई, जीभ को तबीयत से दो-तीन बार साफ़ किया। कुछ खों-खों और हों-हों की ज़ोरदार आवाज़ें निकलीं, जिन्हें सुनकर अर्चना को भी लगा होगा कि हाँ, घर में अब सब कुछ ठीक-ठाक है।

आईने में मेरी ज़बान चमक रही थी।

जिसे देखकर मैं वाक़ई ख़ुश हुआ।

(2013)

स्फटिक

(एक)

मुझ पर, कई दूसरे लोगों की तरह फ़िल्मों का काफ़ी प्रभाव पड़ता है। शायद अन्य लोगों की तुलना में कहीं ज़्यादा। और अलग क़िस्म का। और भी स्पष्ट कर दूँ कि मुझ पर दरअसल दुष्प्रभाव पड़ता है। यह किसी भूत की तरह मुझे अपने क़ब्ज़े में ले लेता है। फिर जो कुछ मैं सोचता हूँ या जैसा व्यवहार करता हूँ, वह उस फ़िल्म की आसमानी-सुलतानी हवा के असर में होता है। उसमें मेरा अपना कोई वश नहीं रहता। मैं भूत-प्रेत में यक़ीन नहीं करता लेकिन आपको यह रूपक, समझाने की नीयत से बता रहा हूँ ताकि आप वाक़ई बात की गंभीरता समझने की कोशिश कर सकें। यह दुष्प्रभाव नए काट के कपड़े ख़रीदने, अजीब तरह के बाल बनवाने या अभिनेताओं जैसे लटके-झटके सीखने से संबंधित नहीं है। और न ही इसका किसी से कोई बदला लेने, एंग्रीमैन बन जाने, नशे की लत में पड़ने, बलात्कारी या भ्रष्टाचारी होने की आकांक्षा से कोई संबंध है। ये सारे प्रभाव या प्रेरणाएँ तो अब समाज में सहज स्वीकार्य हैं और अनेक स्रोतों से उपलब्ध हैं। इनको लेकर तमाम बहसें समाप्त हो चुकी हैं। जिसको जो करना है सो करे। जैसा सामर्थ्य हो, वैसा अपराध करो। कोई रोकटोक नहीं है।

लेकिन मेरे ऊपर होनेवाला असर कुछ मारक क़िस्म का है। जो मेरी सोचने-देखने-समझने की ताक़त को संशयग्रस्त कर देता है। दुविधाओं से भर देता है। बुद्धि को लकवा मार जाता है। इससे मेरा सामान्य जीवन नष्ट होने की कगार पर आ गया है। मेरी सामाजिकता दाँव पर लग गई है। मनुष्य-मनुष्य के बीच मेरे सभी रिश्ते खटाई में पड़ गए हैं और मैं हद दर्जे का अवसाद-पीड़ित व्यक्ति होता चला जा रहा हूँ। हालाँकि, फ़िल्मों की शुरुआत में ही घोषित कर

दिया जाता है: 'इसका किसी वास्तविक जीवन या चरित्र से कोई संबंध नहीं है। यदि किसी को ऐसा प्रतीत हो तो यह केवल संयोग होगा।' इस स्पष्टीकरण का भी मुझ पर कोई असर नहीं होता। बल्कि यहीं से उन चीज़ों की शुरुआत हो जाती है जो मुझे मुश्किलों और अज़ाब के दायरों तक ले जाती हैं।

मैं मुख्य चरित्र, या किसी अभिनेता, अभिनेत्री से ही नहीं, फ़िल्म में दो-चार सैकंड के लिए उपस्थित वस्तुओं या चरित्रों तक के असर में आ जाता हूँ। नेपथ्य के दृश्य, पार्श्व संगीत, दीवार का गिरता प्लास्टर, चमचमाता चौराहा, कोई मूर्ति, सब्ज़ी काटने का चाकू, जूड़े का फूल, सड़क, खँडहर, नाली में पड़ा सूअर, अस्पताल के अहाते या बाज़ार की भीड़ में उपस्थित आउट ऑव फ़ोकस कोई चेहरा भी मुझे अजीब ढंग से परेशान करना शुरू कर देता है। यह सब मैं अपने आसपास किसी को बता भी नहीं सकता क्योंकि बता कर अनेक बार हास्यास्पद हो चुका हूँ। झिड़कियाँ खा चुका हूँ। तरह-तरह से अपमानित हुआ हूँ। लेकिन यह कहानी यों ही अनावश्यक बातचीत में बिखर न जाए इसलिए आगे कुछ व्यवस्थित ढंग से कहने की कोशिश करता हूँ, ताकि बातचीत में हो सकनेवाले भटकाव से बचाव हो सके।

(दो)

उदाहरण के लिए मैं आपको पिछले दिनों देखी गई एक फ़िल्म के बारे में बताता हूँ। गुज़िश्ता फ़रवरी में एक दोस्त ने मुझे अपनी अनुशंसा के साथ वह फ़िल्म भेजी। मैंने पहली फ़ुर्सत में उसे देखा। और तत्काल उसका शिकार हो गया। उस फ़िल्म के दुष्प्रभाव ने मुझे शक्की बना दिया है। इतना भ्रम में डाल दिया है कि मैं शानदार चीज़ों को, अच्छे-भले और सम्मानित लोगों को भी संदेह की निगाह से देखने लगा हूँ। उम्मीद है कि यहाँ यह सब लिख देने से मुझे कुछ आराम या मुक्ति मिले क्योंकि ख़ुद के आरोग्य के लिए भी यह एक मुमकिन तरीक़ा हो सकता है। अथवा पढ़कर आप ही कोई सुझाव दे सकें कि इसका निवारण कैसे हो। कुछ घरेलू नुस्खे भी सुझा सकते हैं। अन्यथा दूसरों का क्या कहूँ, मुझे स्वयं लगने लगा है कि उस फ़िल्म के बुरे प्रभाव की वजह से धीरे-धीरे मैं अवांछित क़िस्म का मनोरोगी होता जा रहा हूँ। आसन्न ख़तरा है कि मुझे किसी नामीगिरामी काउंसलर और डॉक्टर की ज़रूरत पड़ सकती है।

(तीन)

फ़िल्म कथासार और विवरण का क्षेपक

(क)

एक दशक पुरानी वह एक गंभीर सोशियो-पॉलिटिकल फ़िल्म थी। उसे देखकर मैं दहशत से भर गया। अभी मैंने बताया ही था कि उसने मुझे अपने क़ब्ज़े में ले लिया। जैसे कोई अवश करनेवाला, अपकारी सम्मोहन। इस क़दर कि मैंने उसे अगले दिन दुबारा देखा। उसमें ऐसे महादेश की कहानी थी जिसकी जनता ने लोकतंत्र की स्थापना के लिए पचासेक साल पहले बड़ी लड़ाइयाँ लड़ीं। लगभग क्रांति ही कर डाली। देश में राजशाही ख़त्म हो गई और जनतंत्र स्थापित हो गया।

मगर समय गुज़रने के साथ सत्ता के लिए होनेवाले चुनावों में गड़बड़ियाँ होने लगीं। बेईमानी, भ्रष्टाचार और घूसखोरी बढ़ने लगी। फिर एक राजनीतिक दल, जो कुछ बरस पहले बहुत थोड़े बहुमत से सत्ता में आ गया था, ने तय किया कि वह उसके विरोधी विचार के लोगों को मिटा देगा। हर बार चुनाव में यह विपक्ष और राष्ट्रविरोधियों का जो खटराग बना रहता है, इस झंझट को जड़-मूल से उखाड़ फेंका जाएगा। विपक्षी और बुद्धिवादी लोग ही देश की प्रगति में आड़े आते हैं। इन्हें समूल नष्ट करना होगा अन्यथा कोई भी पार्टी चुनाव जीतने के बावजूद कभी सुशासन दे नहीं पाएगी। न ही देश को प्रगति के रास्ते पर ले जा सकेगी। ये विरोधी हर जगह अड़ंगे डालते हैं। राष्ट्र के सामने गंभीर अवरोध हो जाता है। इनसे छुटकारा पाना ही सर्वोपरि प्राथमिकता है। यही बात अनेक उदाहरणों की तार्किकता और जीवंत दृश्यों के साथ फ़िल्म में दिखाई गई थी।

फ़िल्म के दूसरे हिस्से में बताया गया कि इन राजनैतिक-विधर्मियों को हटाने के लिए, जनता में से ही देशभक्तों का समूह बनाया गया जो सांस्कृतिक संघ की तरह शुरू हुआ और दो साल के भीतर ऐसे लोगों के संगठन में विकसित हो गया जो देश के सम्मान के लिए हत्याएँ तक करने में प्रवीण हो गए। उनका बीज मंत्र था—'जो उनकी तरह नहीं, उसे जीने का हक़ नहीं।' इसके लिए उनकी प्रतिबद्धता और समर्पण आत्मघाती होने की हद तक

जुझारूपन से लबरेज़ था। कोई भी आदमी हत्या के नये तरीक़े बताकर, उन तरीक़ों को आज़माकर, अपने वीरतापूर्ण कृत्य का वीडियो बनाकर उस संगठन का सदस्य बन सकता था। फिर उन तरीक़ों को कुछ समय तक अमल में लाते रहने से वह संगठन में विशिष्ट दर्जा पा सकता था। इस तरह जल्दी ही उसमें तमाम तरह के अपराधियों, ज़रायमपेशा और आवारा युवकों की भर्ती होती चली गई। उनमें अधिकतर कम पढ़े-लिखे और बेरोज़गार थे लेकिन वे धीरे-धीरे उस सम्मानित संगठन के सक्रिय साथी हो गए। बाद में उसमें पढ़े-लिखे, बौद्धिक रूप से संपन्न समझे जानेवाले लोग भी शामिल होने लगे। अनेक डॉक्टर, इंजीनियर, वैज्ञानिक, वकील, सेवानिवृत्त अधिकारी, शिक्षक, बैंकर, पत्रकार, न्यायाधीश, नवधनाढ्य, कलाकार और लेखक। उन्हें सीधी सदस्यता के लिए सरकारी समर्थन और अनुमति थी। दरअसल, वे सरकार के ऐसे पेचीदा काम करते थे, जो सरकार सीधे ख़ुद नहीं कर सकती थी।

उस संगठन की अपनी एक समानांतर सेना थी। वर्दी थी, आधुनिक हथियार और रैंकवार पद थे। उसे 'संस्कृति सुरक्षा संघ' नाम दिया गया। ट्रिपल एस। देश के तमाम शहरों में 'ट्रिपल एस' के कार्यालय और प्रशिक्षण केंद्र थे। अभ्यास के लिए बड़े मैदान आरक्षित थे। रिक्रिएशन हाउस और गेस्ट हाउस थे। एक जाल-सा बिछा हुआ था। राजधानी में एक सौ बीस एकड़ में ट्रिपल एस का प्रधान कार्यालय था। जनता में सरकार का तेवर लोकप्रिय था। विरोध का कोई स्वर देश में कहीं से उठता नहीं दिखता था। जीडीपी बारह प्रतिशत तक पहुँच गई थी।

विकास की दृश्यावलियों से सज्जित फ़िल्म की सिनेमैटोग्राफ़ी अद्भुत थी। ख़ुशहाल लोगों के इंटरव्यू थे। उल्लसित गीत गाए जा रहे थे। सड़कों पर, गलियों में, बाज़ार और मॉलों में, समुद्र किनारे, पहाड़ों पर, सब्ज़ी मंडी और वेश्यालयों तक में जनता आशान्वित और ख़ुश दिखाई देती थी।

(ख)

फ़िल्म के तीसरे हिस्से में बूढ़े हो चले, लगभग साठ-सत्तर वर्षीय तीन लोग थे। वे 'ट्रिपल एस' के वरिष्ठ, सम्मानित सदस्य थे। उनमें से एक बेहद दुबला-पतला आदमी, जो अब भी फुरतीला दिखता था, उन तीनों के प्रवक्ता

की तरह बोलना शुरू करता है। वह जोशीले अंदाज़ में बताता है कि अपनी जवानी में उन्होंने लोगों को कैसे मारा। किस तरह उन्होंने, दस-बारह दोस्तों के साथ, मोहल्लों में विरोधी लोगों की पहचान करके, नायाब तरीक़ों से मारा। रिवॉल्वर से, मशीनगन से, चाकू से, एक तीखे तार से गला काटकर और कभी-कभी तो बच्चों की गरदन मरोड़कर। क्रिकेट और बेसबॉल के बैट से। सामूहिक अग्नि-स्नान भी कराया। उसने बताया कि पच्चीस सालाना दौर के शुरुआती दो-तीन वर्षों में ही उनके छोटे-से समूह ने कम-से-कम तीस हज़ार लोगों को मार दिया। कई बार वह अकेला ही मिशन की तरह काम पर निकलता था, मेहनती था और रोज़ पचास-साठ लोगों को मार डालता था। अकेला ही चलता था जानिब-ए-मंज़िल, लोग साथ आते और कारवाँ बन जाता। मुस्कराकर बताता है कि यही आदेश था। पुलिस और नगरपालिका मिलकर लाशों को ठिकाने लगाती रहती थी।

बाद के वर्षों में उसे बहुत कम हत्याएँ करनी पड़ीं। क्योंकि एक तो विरोधी लगातार मरते चले जा रहे थे। दूसरे, उसे सरकार की ओर से निराश्रित लोगों के विभाग का प्रमुख बना दिया गया था। उसका दर्जा कैबिनेट मंत्री का था। इस नई जवाबदारी की वजह से उसकी भूमिका कुछ अलग हो गई थी। लेकिन बीच-बीच में 'ट्रिपल एस' के लोगों को लगातार प्रशिक्षित करना पड़ता है। बतौर इंस्ट्रक्टर। इस प्रक्रिया में ज़रूरत पड़ने पर कभी-कभार लोगों की हत्याएँ करके बताना पड़ता था। लेकिन वह मंत्री स्तर का महत्त्वपूर्ण व्यक्ति था इसलिए एक संभ्रात, सम्मानित और लोकप्रिय जीवन की तरफ़ अग्रसर होता रहा।

यह मरियल सा लेकिन फुरतीला, चपल पात्र शुरू में ही कह देता है कि इन हत्याओं के बारे में ज़ाहिराना तौर पर बताना कोई अपराध नहीं है। उस काल को निरपराध घोषित किया जा चुका है। अब यह कोई रहस्य भी नहीं रह गया है। संसार जानता है। मिशन कब का पूरा हो चुका है। यह तो दरअसल समूचे देश की ऐतिहासिक उपलब्धि है। यों भी संसार की सारी सत्ताएँ अपने देश के भीतर छिपे आतंकवादियों और देशद्रोहियों को मारती हैं। यह सरकार के काम का हिस्सा है। वरना सरकार को ही कोई मार देगा। और यह हर देश का आंतरिक मामला है। चूँकि पुलिस और सेना इतना काम नहीं

कर सकती थी इसलिए एनजीओ, सामाजिक-धार्मिक संस्थाओं और 'ट्रिपल एस' को सामने आना पड़ा। इसमें न तो अपराध है और न ही अपराध-बोध। बल्कि गर्व है कि हम देश सेवा कर सके। अमेरिका, ब्रिटेन, चीन, रूस, क्यूबा, इंडोनेशिया, श्रीलंका, स्पेन, जर्मनी, नाईजीरिया, बोस्निया, इज़रायल सहित तमाम आत्मसम्मानी देश यही करते हैं। भले सबके अपने-अपने अलग तरीक़े हैं। संयुक्त राष्ट्र संघ को भी इसमें कोई आपत्ति नहीं रही। यह किसी भी देश का अपना पचड़ा है, देश ही निबट लेता है।

(ग)

मारने के तरीक़ों के बारे में बोलते हुए वह अपने विशाल ड्राइंग रूम का चक्कर लगाता रहता है। इसी बीच वह एक पत्रकार को कलाओं के प्रति अपनी असीम रुचि का परिचय देता है। इससे फ़िल्म में एक अजीब तनाव, द्वैत और घालमेल पैदा होने लगता है। यानी पाँच-छह वाक्यों में वह बताता है कि लोगों को मारने के लिए उसने कैसे-कैसे नये तरीक़े ईजाद किए। क्योंकि काम ज़्यादा था और मारने में सही रफ़्तार क़ायम रखनी थी। ज़्यादा चीख़ो-पुकार किसी को पसंद नहीं आती इसलिए यह कार्य यथाशक्ति शांतिपूर्वक किया जाना था। तरह-तरह के तरीक़े खोजने पड़ते थे। फिर उन वाक्यों के बाद वह अपने ड्राइंग रूम में रखी काँच की विशाल अलमारियों, शो-केस में रखी असंख्य कलाकृतियों के बारे में कुछ सूचनाएँ देता था। जिसमें एक टेक बार-बार आती थी, ''मेरा ऐस्थैटिक सेंस बहुत अच्छा है।'' यह कहते हुए उसके चेहरे और आँखों की दीप्ति देखते ही बनती थी। उसके व्यक्तित्व में दृढ़ता और विनम्रता का मेल था।

उसके दीवानख़ाने में शीशे के दरवाज़ों से सज्जित अलमारियों में हाथी दाँत, लकड़ी, शीशे, चीनी मिट्टी, चाँदी, सोने और अन्य क़ीमती धातुओं से बने अनेक सुंदर शिल्प थे। हत्याओं का विवरण देते-देते वह बीच में रुककर बताता था कि यह शेर क्रिस्टल का है और संसार में ये शेर केवल तीन सौ हैं। यह बेल्जियम से लाया था, जब मैं सरकार के प्रतिनिधिमंडल में शामिल होकर एक सम्मेलन में गया था। फिर इत्मीनान से वह अपनी मूल बात पर लौट आता था कि कैसे उसने तीन मिनट में चार विद्यार्थियों को मारा। और

यह घोड़ा देखिए। लिमिटेड ऐडिशन। दुनिया में ये कुल चौरासी घोड़े ही बनाए गए हैं। ये मलेशिया के हाथियों के दाँतों से बने हैं। अमेरिका में जो सबसे बड़ी कंप्यूटर कंपनी है, उसके मालिक के पिता की मृत्यु चौरासी साल की उम्र में हुई तो उसने पिता की स्मृति में ये सफ़ेद झक्क, कलात्मक घोड़े बनवाए। ये हर तरह से कला के उत्कृष्ट नमूने हैं। तो ये संसार में कुल चौरासी हैं। हमारे देश से एक व्यापार-संधि की बैठक में मुझे सरकार की तरफ़ से जाना पड़ा। तब उसने कलाकृतियों के प्रति मेरा प्रेम जानकर, मेरी सौंदर्याभिरुचि समझकर यह घोड़ा उपहार में दिया। हमारे उससे पारिवारिक रिश्ते हो गए हैं। फिर वह बच्चों की हत्याओं के बारे में बताने लगा कि क्यों वे ज़रूरी थीं। यह बताते हुए वह पोर्सिलेन की नृत्यांगना की मूर्ति के सामने चला गया। तब भी उसने कहा कि यह लिमिटेड ऐडिशन है। तो यह सब बहुत देर तक फ़िल्म में चलता रहा। हत्याएँ, सौंदर्याभिरुचि, कलाकृतियाँ और लिमिटेड ऐडिशन। फिर वह अपने लिविंग रूम में बने बार की तरफ़ चलते हुए, एक से बढ़कर एक चुनिंदा शराब की बोतलों की तरफ़ इशारा करके कहने लगा, ये बस कुछ ही बोतलें तैयार की गई थीं। इटली, फ्रांस और पुर्तगाल से ख़ास संग्रह है। सीमित संस्करण। बुजुर्गों की हत्या का विवरण देते हुए उसने बताया कि एक बूढ़े की शक्ल तो हू-ब-हू उसके पिता की तरह थी। लेकिन उसके पिता तो बचपन में गुज़र चुके थे। यों भी उसके काम में भावुकता की जगह नहीं थी। इस तरह तो कोई काम ही नहीं हो सकता था। फिर वह विन्टेज कारों का ज़ख़ीरा दिखाता है। यदि नीलामी करें तो उनकी क़ीमत आज करोड़ों रुपयों की है लेकिन वह ऐन्टीक और विन्टेज का महत्त्व समझता है। रोज़मर्रा के परिवहन के लिए उसके पास अलग से कुछ आधुनिक कारें हैं। फिर वह लड़कियों की, महिलाओं की हत्याओं के बारे में बताने लगा। एक से एक सुंदर, विचलित कर देनेवाली स्त्रियाँ मिलती थीं। उन्हें देखकर कोई क्रूर हत्यारा भी अपने मार्ग से भटक सकता था। मगर उनकी पार्टी और संगठन के कठोर सिद्धांत थे इसलिए उन्होंने किसी एक का भी बलात्कार नहीं किया। कुछ सदस्यों से भूल-चूक हुई मगर उनके समूह में ज़्यादातर ने अपना संयम बनाये रखा। भले ही बाद में उन्होंने किसी स्वावलंबी ढंग या परस्परता से अपनी वासनाओं का शमन किया। एक घर के सारे पुरुष भाग गए, सिर्फ़ स्त्रियाँ थीं, जिनमें कुछ एकदम युवा और

ग़ज़ब की ख़ूबसूरत थीं। अपनी जान के बदले सब कुछ समर्पित करने को तैयार। दो तो एकदम नग्न हो गईं। वे संगमरमरी रोमन मूर्तिशिल्पों की तरह थीं। परंतु यह तो रिश्वतख़ोरी जैसा होता। वह अपने काम के साथ बेईमानी नहीं कर सकता था। उसने सबको मार दिया। अब कभी-कभी अफ़सोस होता है। मारने का नहीं। उसकी मुस्कराहट शेष वाक्य पूरा करती है।

(घ)

नहीं, इसमें उसे कुछ बुरा, अमानवीय या घृणित होने जैसा अनुभव कभी नहीं हुआ। यह उसका काम रहा आया। देश की प्रगति और गौरव के लिए ज़रूरी। जैसे सीमाओं पर, दुश्मनों को सेना मारती है तो इसमें कुछ घृणित नहीं होता। गर्व होता है। इसी तरह देश के भीतर काफ़िरों को, देशद्रोहियों को मारने में भी उसी तरह अभिमान का अनुभव होता है। उसे सरकार की तरफ़ से कई मैडल भी मिले हैं। फिर उसने कुत्तों का बाड़ा दिखाया। दुर्लभ और अत्यंत महँगी नस्लों के कुत्ते। और अपनी कमर की तरफ़ इशारा करते हुए बताया कि यह बेल्ट मगरमच्छ की खाल का है। इसी बीच उसे याद आया कि अपने साथियों के साथ घेराबंदी करके कितनी कठिनाई से एक पूरे गाँव के लोगों को मारा था। वह एक कठिन टास्क था लेकिन योजनाबद्धता और दूरदर्शिता से वे सफल हुए।

आख़िर में वह कहने लगा कि हम अब लोगों को नहीं मारते। वे प्राकृतिक मौत मर जाते हैं। जैसे अभी हमने जो एक राष्ट्रद्रोही चिन्हित किया है, वह एक सरकारी कंपनी में नौकरी करता है। वहाँ ट्रेड यूनियन पहले ही ख़त्म की जा चुकी है। अब कंपनी किसी आरोप में चार्जशीट देकर उसे निलंबित कर देगी। फिर इनक्वाइरी बैठाकर बर्ख़ास्त करेगी। तब वह नौकरी के लिए जगह-जगह भटकेगा। जो उसे कहीं नहीं मिलेगी। उसका बर्ख़ास्तगी आदेश ऐसा ही होगा कि उसे नौकरी कहीं नहीं मिले। उसके पास पूँजी नहीं है और बैंक ऋण न दें, इसकी व्यवस्था हम ऑनलाइन कर देते हैं। पी.एफ. और ग्रैचुइटी का पैसा अटकेगा। पैंशन है नहीं। बीवी अधेड़ और बदसूरत है। एक बेटी है जो तीसरी कक्षा में पढ़ती है। वह कोर्ट केस लड़ नहीं सकता। न्याय महँगा है। सुदूर है। नामुमकिन है। पैसा उसके पास रहेगा नहीं। वह सपरिवार भीख

माँगेगा या आत्महत्या करेगा। या फिर विद्रोही हो जाएगा। आप जानते ही हैं कि भिखारियों की धरपकड़ करके उन्हें जेल भेज दिया जाता है और विद्रोहियों का पुलिस ऐनकाउंटर कर देती है। इतना बड़ा देश है, यह सब होता रहता है। जैसे पटाक्षेप करते हुए उसने हँसकर कहा, ''कहाँ-कहाँ सिर खपाया जाए।''

लंबी श्वास भरकर उसने अपना मुख्य बाथरूम दिखाया। जो आठ सौ वर्गफुट का था। उसमें असंभव क़िस्म की सुविधाएँ थीं। फिर घर की बाक़ी चीज़ें दिखाईं। बग़ीचा, पेंटिंगों की क़तार, स्वीमिंग पूल, जिम, संगीत-कक्ष, थियेटर, बारबैक्यू लॉन, विशाल डाइनिंग टेबल, दो मंज़िला पुस्तकालय, स्टडी, पार्किंग सब कुछ अप्रत्याशित सुंदर और अभिनव। उसने अनगिनत कलापूर्ण और दुर्लभतम चीज़ें दिखाईं और नाना प्रकार से संपन्न की गईं हत्याओं के बारे में इस तरह बताया कि सब कुछ एक-दूसरे में उलझ गया। दृश्य एक-दूसरे में घुल गए। संवाद और पार्श्व संगीत आपस में गड्डू-मड्डू हो गए। लेकिन फ़िल्म देखते हुए मानना पड़ता था कि उसकी अभिरुचि उच्च स्तरीय थी। और वह अपने काम के प्रति हमेशा निष्ठावान, समर्पित और ईमानदार रहा। वह ख़ुद भी मनुष्य की 'लिमिटेड ऐडिशन' जैसी दुर्लभ प्रजाति का व्यक्ति दिखता था। इसी निष्कर्ष के साथ फ़िल्म ख़त्म हो जाती है।

(चार)

यहाँ तक आते-आते समझ नहीं आता था कि आप फ़िल्म देख रहे हैं या डौक्युमैंटरी। या बायोपिक। मैंने गूगल पर जाकर पता किया तो मालूम हुआ कि यह डौक्युमैंटरी है जिसे फ़िल्म की तरह बनाया गया है। एक जगह यह भी कहा गया कि यह फ़िल्म ही है जिसमें एकाध सच्ची घटना को विस्तृत करके, कल्पना का मसाला भरते हुए डौक्युमैंटरी का लबादा पहना दिया गया है। अनेक समीक्षकों ने लिखा कि यह एक फ़ालतू और बोरियत से लबालब गल्प फ़िल्म, है जिसका वास्तविक जीवन में किसी सच्चाई से कोई संबंध नहीं है। सामान्य आदमी के लिए इसे पूरी देख पाना एक वाहियात चुनौती है। इसलिए यह सुपर फ़्लॉप भी हुई। यदि सरकार का पैसा नहीं लगा होता तो निर्माता बरबाद हो जाता।

यह फ़िल्म मैंने तीन बार देखी। तीनों बार फ़िल्म ख़त्म हुई। बाक़ायदा

अंत में परदे पर लिखा आया—'समाप्त'। मगर मेरे जीवन में वह फ़िल्म ख़त्म होने में नहीं आ रही थी। ऐसा कुछ नकारात्मक असर हुआ कि मुझे अपनी पॉश कॉलोनी का ही नहीं, दूरदराज का भी, हर कोई मिलने-जुलनेवाला लगभग प्रत्येक आदमी हत्यारा लगने लगा। मेरे अनेक परिचित जो कुछ अमीर हैं, बड़े अधिकारी हैं, सीईओ तक हैं या इक्का-दुक्का राजनीतिक रूप से प्रभावशाली हैं, उन सबके प्रति मेरा नज़रिया बदलने लगा। यदि फ़िल्म विश्वास दिलाने की कला है तो यह सफल फ़िल्म कही जाएगी। क्योंकि मुझे विश्वास होने लगा कि जिनके घर आकार में बड़े हैं और जिनके घरों में दुर्लभ शो-पीस हैं, जिम है, थियेटर रूम है, विन्टेज कारें हैं, क़ीमती पेंटिंग हैं, बारबैक्यू सहित लॉन है, दो हज़ार वर्गफ़ुट का टैरेस है, विशालकाय डाइनिंग टेबल और आरामदेह सोफ़ा सेट हैं, बंगलों में आलीशान कुत्ते हैं, स्वीमिंग पूल है, वे सब हत्या की कला में माहिर हैं। यदि इन लोगों को रिमाण्ड पर लेकर या बहला-फुसलाकर या ख़ूब सारी शराब पिलाकर, भरोसे में लेकर पूछताछ की जाए तो ज़रूर ही इनके पास मारने की कला के बारे में कुछ अजाने, अज्ञात क़िस्से होंगे। जिनके पास चीज़ों की 'लिमिटेड ऐडिशन्स' की वेराइटी है, वे तो निश्चित ही हत्यारे हैं। उनके बारे में दूसरी कोई तफ़्तीश भी ज़रूरी नहीं। फिर मुझे ध्यान आया कि मेरे घर में भी दो-चार महँगी कलाकृतियाँ हैं। मुझे अपने बच्चों पर शक होने लगा है। लेकिन यह न्यूरोलॉजिकल डिसऑर्डर भी हो सकता है।

मैं जानता हूँ, मेरा देश अपनी परंपरा में एक महान सभ्यता है। सहनशीलता और गर्वीली संस्कृति से संबद्ध है इसलिए मेरे देश में इस तरह के हत्यारे हो नहीं सकते। इसके अलावा यहाँ क़ानून भी हत्याओं के ख़िलाफ़ हैं। स्पष्ट धाराएँ हैं। पुलिस या सेना किसी नागरिक को मार सके, ऐसी सरकारी इजाज़त तो क़तई नहीं है। सख़्त सज़ाओं के प्रावधान हैं। फाँसी तक दी जा सकती है। क़ानून अपना काम करता है। कुछ अपवाद हो सकते हैं, जैसे जब पुलिस या सरकारी वकील ने लेतलाली दिखाई हो या गवाहियाँ पलट गई हों। या मुक़दमा ही वापस ले लिया गया हो। अन्यथा वक़्त भले कितना ही लग जाए, न्याय न मिलने तक न्याय की प्रक्रिया चलती रहती है। यह तो उस फ़िल्म का असर है कि मैं सम्माननीय और भले लोगों के बारे में, जिन्होंने अपनी प्रतिभा, योग्यता और श्रम से संपत्ति कमाकर समाज में जगह बनाई है, अनर्गल

सोचने लगा हूँ। कई फ़िल्में इतना बुरा प्रभाव डाल सकती हैं, जितना बुरे से बुरा कुसंग भी नहीं डालता।

आप भी समझ रहे होंगे कि फ़िल्मों का एक वशीकरण होता है। कुछ संवेदनशील और चिंतित रहनेवाले लोग कुछ ज्यादा प्रभावित हो जाते हैं। संभवत: मेरे साथ इस फ़िल्म को लेकर ऐसा ही हो गया है। लेकिन मेरी यह ख़ब्त बढ़ती ही जाती थी। दोस्तों, पड़ोसियों, घरवालों, सबको लगने लगा था कि मैं कुछ वाहियात ढंग से सोचने-विचारने लगा हूँ। आख़िर एक रात मैंने गंभीरता से तय किया कि मुझे किसी तरह इसके असर से मुक्त होना होगा। मैंने संकल्प लिया कि मैं इस फ़िल्म के प्रभाव से मुक्त होकर रहूँगा। एक फ़िल्म के चक्कर में अपने आपको, तमाम संबंधों, अपनी पूरी सामाजिकता को बरबाद नहीं होने दे सकता। यह तो विक्षिप्त होना हुआ।

आख़िर मेरी संकल्पशक्ति काम आई। धीरे-धीरे मैंने उन विचारों पर क़ाबू पा लिया जो उस फ़िल्म से पैदा हो रहे थे। फिर मैंने दस-बारह रोमांटिक और हास्य फ़िल्में देखीं। शहर के मनोरम स्थानों में घूमा-फिरा। आइसक्रीम खाई, रेस्त्राओं में गया, कान में चोग़े लगाकर संगीत सुनना शुरू कर दिया और सुबह उठकर दौड़ लगाने लगा। चुटकुलों की किताब ले आया। मित्रों को एसएमएस करने लगा। मेरा व्हाट्सऐप कॉमेडी से भर गया। नये-नये व्यंजनों की फ़रमाइश करने लगा। आख़िर डॉक्टर दोस्त ने कहा, हाँ, यही तरीक़ा है। हमें अपने अवसाद से, बुरे ख़यालों से लड़ना पड़ता है। उनके सींग पकड़कर। और हम उबर जाते हैं। इसमें दवाइयाँ बहुत काम नहीं आतीं। देखो, अब तुम एकदम ठीक हो गए हो। जाओ, घूमो-फिरो। हिल स्टेशन जाओ, समुद्र तट के मज़े लो। ख़ूब खाओ, ख़ूब पियो, जनाब।

नाऊ लिव द लाइफ़, किंगसाइज़।

(पाँच)

इस ख़ुशहाली में छह महीने बीत गए। उस फ़िल्म का स्मरण भी नहीं होता था। जीवन पटरी पर आ चुका था। अभी नवम्बर में क़रीब दस दिन पहले, प्रसन्नचित्त मैं और माधुरी, दक्षिणी प्रदेश में पर्यटन के लिए चले गए। वहाँ हमने शानदार समुद्री किनारे देखे। बीच पर छपाछप की। मदिरा विरोधी माधुरी की

इजाज़त लेकर वाइन भी पी। चाय के बाग़ानों की ख़ूबसूरती देखी और झील में बोटिंग की। खाना-पीना किया। बीस मैगा पिक्सेल के मोबाइल से तस्वीरें खींचीं। कई मील पैदल चले। ख़ूब मज़ा आया। प्रवास के अंतिम दिन, यों ही बातचीत के दौरान हमारे होटल मैनेजर ने पूछा कि यहाँ चाय-बाग़ानों के एक बहुत पुराने रईस, भगवान अयप्पा उनकी आत्मा को शांति दें, की स्मृति में बनवाया गया संग्रहालय देखा या नहीं। हमने कहा कि नहीं भाई, हमें ऐसे किसी संग्रहालय की जानकारी नहीं। उसने सुझाव दिया कि तीन-चार घंटे में आप चाहें तो उसे देख सकते हैं। क़रीब है और देखने लायक़ है। उत्साहित माधुरी ने कहा कि आज फ़ुर्सत है और देर रात की ट्रेन है। दिन भर होटल में पड़े रहने से बेहतर है कि देख लेते हैं।

वह वाक़ई बड़ा संग्रहालय निकला। जो चाय-बाग़ानों के मालिक की व्यक्तिगत चीज़ों को संग्रहीत करके, उसके बच्चों ने बनवाया था। उसमें पचास विशाल कक्ष थे, जिनमें दुनिया भर की चीज़ें इकट्ठा थीं। प्राचीन सोने-चाँदी-काँसे के बर्तनों, घड़ियों, पांडुलिपियों, बंदूकों-रिवॉल्वरों, मोटर कारों, छड़ियों, चाकुओं, मलमल और रेशम के वस्त्रों, फूलदानों, क्रॉकरी, तालों-तिजोरियों, पूरे परिवार के तैलचित्रों, चौकियों, फ़र्नीचर, शिकार किए गए हिरणों, शेरों, भैंसों के मसाले भरे चेहरों के अनेक कक्ष थे। पेंटिंग, मूर्ति-शिल्पों, बिल्लौरी काँच की कृतियों, हाथीदाँत एवं पोर्सिलेन के काम और तमाम तरह की कलाकृतियों के अलग कक्ष। शिल्प और स्फटिक की मूर्तियाँ, पशु-पक्षियों की अनुकृतियाँ देखकर अचानक और अनचाहे ही मुझे उस फ़िल्म की याद आ गई। मेरा जी ख़राब होने लगा। उसके बाद हर क़दम पर मुझे लगने लगा कि मैं किसी हत्यारे के संग्रहालय में हूँ। जितना मैं इस ख़याल को दूर करता, उतना ही ज़्यादा वह मेरा पीछा करने लगा। मुझे बदन में कुछ कँपकँपी का अहसास हुआ।

संग्रहालय के प्रवेशद्वार पर ही, उस आदमी की दानवीरता और समाजसेवा के बारे में प्रभावशाली ढंग से लिखी हुई ग्रैनाईट की पट्टिका थी। उस पर अंकित था कि उसे समाजसेवा के लिए सर्वोच्च श्रीसम्मान भी मिला था। उसके नाम से अनेक परोपकारी संस्थाएँ चल रही थीं। दो स्कूल और तीन अस्पताल थे। राष्ट्राध्यक्ष ने ख़ुद उसे पुरस्कृत किया था। वहीं उस

अवसर की मढ़ी हुई तस्वीर टँगी थी। इतने सम्मानित और उज्ज्वल आदमी पर किसी प्रकार संदेह का कारण नहीं बनता था। मगर उस फ़िल्म के प्रभाव की कुछ कोशिकाएँ शायद कैंसर कोशिकाओं की तरह मेरे मनोमस्तिष्क में बची रह गई थीं। वे यकायक गुणित होते हुए विकराल हो गईं। मेरे पूरे शरीर में ऐंठन-सी होने लगी। माधुरी ने चिंतित होकर पूछा कि तबीयत ठीक नहीं लग रही है क्या? मुझसे बोलते भी नहीं बना कि हाँ, तबीयत एकदम ठीक नहीं है। जबड़े जैसे जम गए। नाभि में से कोई लहर उठती थी और गले तक आती थी। उस समय मैं स्फटिक से बने, ख़ूबसूरत घोड़े के सामने खड़ा था। उसके नीचे लिखा था—'लिमिटेड ऐडिशन'। इस बार लहर गले से निकलकर ऊपर मुँह तक आ गई। मैंने वमन कर दिया। वह सुंदर, मूल्यवान और गर्वीला घोड़ा मेरे वमन से पूरी तरह लिथड़ गया। नीचे इटैलियन संगमरमर का फ़र्श भी क़ै से सन गया। जब तक कोने में खड़े दो गार्ड मुझ पर झपटते, दो उलटियाँ और हुईं और आसपास की कलाकृतियाँ भी चपेट में आ गईं। उसके बाद तमाम झिकझिक हुई।

मैं कक्ष के बाहर, बरामदे की एक बैंच पर छाती पकड़कर लेट गया। रूमाल से अपने ओंठ और ठोड़ी को पोंछा। वहाँ मौजूद दर्शकों में से दो-चार ने मेरी हालत पर तरस खाकर तरफ़दारी भी की। हालाँकि कलाकृतियों को वमनसिक्त देखकर उनके मुँह से चिच्च! जैसी आवाज़ें निकली। वमन हो जाने की वजह से मेरे पेट और मन की ऐंठन ग़ायब हो गई। उधर माधुरी ने कुछ दयनीय बनकर, कुछ लड़-झगड़कर मामला सुलटाया। लेकिन हत्यारे के वशंजों ने साफ़-सफ़ाई के नाम पर तीस हज़ार रुपये माँगे। उन्होंने फिरौती के किसी प्रतिभूति सामान की तरह मेरी बाँह पकड़ ली। झंझट ख़त्म करने के लिए माधुरी ने उसके और मेरे पर्स में से इकट्ठे करके तेरह हज़ार रुपये दिए। कहा कि इतने ही हैं। तिरस्कारपूर्वक और असंतोषपूर्वक नक़दी लेते हुए उन्होंने कहा कि वे भले आदमी हैं इसलिए पुलिस नहीं बुला रहे हैं। फिर घुड़कते हुए हमें बाहर का रास्ता दिखाया। माधुरी से बदतमीज़ी करते हुए कहा कि जाइए, ज़रा इनका ठीक से इलाज कराइए। उन्होंने, उस हत्यारे का नाम लेकर, कहा कि हम उनकी दयालुता के उत्तराधिकारी हैं इसलिए आपको छोड़ रहे हैं। आपको अंदाज़ा नहीं है कि आपने कितना बड़ा नुकसान किया

है। यह भीषण अपराध है। बल्कि पाप है। मैंने गिड़गिड़ाते हुए कहा कि इसमें मेरा कोई वश नहीं था। मेरी तबीयत अचानक ही ख़राब हो गई। यह सुनकर उन्होंने मुझे ऐसी हिक़ारत से देखा कि वह निगाह भूलती नहीं है। हालाँकि मेरी अपनी समझ यह थी कि उन्होंने पुलिस को इसलिए नहीं बुलाया कि वे इस घटना का प्रचार नहीं चाहते थे। कितना भी बड़ा आदमी क्यों न हो, चाहे वह अत्यंत सम्मानित, सुसंस्कृत और संपन्न हत्यारा या उनका प्रतापी वंशज ही क्यों न हो, कभी नहीं चाहेगा कि लोगों को भनक भी लगे कि उसके सुंदर संग्रहालय की बेशक़ीमती चीज़ों पर, भले ही भूल-चूक में, वमन कर दिया गया है। आजकल मीडियावाले भी बात को किस करवट बैठा दें, कुछ कहा नहीं जा सकता। माधुरी के उखड़े मूड, धनहानि और उसे अपमान की ज्वाला में जलते देखकर, मैं अपना यह विचार उसे बता नहीं सका। यह भी ठीक ही हुआ कि लोगों के मोबाइल संग्रहालय के प्रवेश द्वार पर ही रखवा लिए जाते हैं वरना कोई न कोई वीडियो बनाकर सोशल मीडिया पर डाल सकता था। तब इस संग्रहालय की कितनी किरकिरी होती, सोचकर मैं मुस्कुराया। माधुरी ने मेरे मुस्कराने को वितृष्णा से देखा।

शेष यात्रा में माधुरी एकदम अवसन्न अवस्था में बनी रही।

मैं जान गया हूँ कि मेरी ज़िन्दगी से वह फ़िल्म अभी ख़त्म नहीं हुई है।

(2014)

घोंघों को तो कोई भी खा जाएगा

(एक)

सबसे ज़्यादा गुस्सा इन पैदल चलनेवालों पर आता है। एक साइड से चलेंगे नहीं। फुटपाथ होगा तब भी सड़क पर चलेंगे। रोड पार करने में तो ग़ज़ब ही कर देते हैं। दाएँ देखेंगे तो बाएँ नहीं। बाएँ देखेंगे तो दाएँ देखने का सवाल ही नहीं। फिर दो क़दम आगे, एक क़दम पीछे। अचानक दौड़ भी लगा सकते हैं।

मरना मुझे भी है। इसी ट्रैफ़िक में। अच्छी तरह जानता हूँ कि मैं और मेरे जैसे ज़्यादातर लोग किसी दूसरी मारक बीमारी से भले एक बार बच सकते हैं। एड्स जैसी बीमारियों के प्रति हम सावधान हैं, बाक़ी बीमारियों का इलाज कराने में सक्षम हैं। जीका, स्वाइन फ्लू, कोरोना जैसी महामारियों का भी आगे-पीछे कुछ उपचार भले निकल आए लेकिन इस ट्रैफ़िक का कभी कोई इलाज मुमकिन नहीं। मगर आप हमेशा डर-डरकर नहीं जी सकते। समझना होगा कि सड़क का जीवन ऐसा ही है। जैसा आपको मिला है, जैसा दिख रहा है। इसे यथारूप ही स्वीकार करना होगा और अपना उपाय आप करना होगा। इस बात का व्यावहारिक अर्थ यह है कि ध्यान रहे आपको कोई वाहन टक्कर न मार सके। यही वजह है कि सड़क पर ड्राइव करते हुए आप हर एक के जीवन के पक्ष में खड़े नहीं हो सकते। केवल अपने जीवन के पक्ष में रह सकते हैं।

मैं ड्राइविंग के शुरुआती वर्षों में ऐसी संवेदित मूर्खताएँ करके देख चुका हूँ कि मेरी कार के नीचे कहीं चींटी भी न आ जाए। सड़क पर पड़े फूल, संतरों के छिलके और काग़ज़ तक को मैं बचाकर निकलता था। गाड़ी दाएँ-बाएँ कर लेता था, लहराकर निकल जाता था और देर तक ख़ुश होता था कि

मैं ऐसा कर पाया। पैदल, साइकिल सवार, स्कूटर-मोटरसाइकिल चलानेवालों का भी बहुत ध्यान रखता था। कभी दूर से ही कोई बच्चा आता-जाता दिख जाए तो मैं एकदम सड़क किनारे होकर गाड़ी खड़ी कर लेता था। मगर बार-बार ऐसा हुआ कि इन्हें बचाने की कोशिश में मेरी ही जान पर बन आती थी। मेरे दाएँ-बाएँ होने या अचानक रुक जाने से कई बार मैं मुश्किल में फँसा। तीन बरस पहले विजय स्तंभ चौराहे पर एक बच्ची को बचाने के चक्कर में दूसरी गाड़ी से टकरा गया था। मुआवज़ा दिया और माफ़ी माँगनी पड़ी। अब मेरी ख़ुद की बच्ची किशोर हो रही है और बड़ा बेटा बेरोज़गार है। नहीं, मैं अपने लिए कोई जोख़िम नहीं ले सकता।

(दो)

राहगीरों को भी समझना चाहिए कि कोई उन्हें जानबूझकर टक्कर नहीं मारेगा। लेकिन एक तरफ़ से ट्रक जा रहा हो और दूसरी तरफ़ राहगीर सड़क छोड़ने को तैयार न हों तो आदमी अपनी गाड़ी लेकर ट्रक में तो नहीं घुसेगा।

मैं पैदल चलनेवालों पर इतना ग़ुस्सा न करूँ यदि वे सड़क ठीक तरह से पार करें। हद यह है कि सड़क पार करने में बंदर, कुत्ते, गिलहरियाँ, बिल्लियाँ भी इनसे बेहतर हैं। हालाँकि जानवर भी गाड़ियों के नीचे आते हैं लेकिन सर्वे किया जाए तो पता लग जाएगा कि वे इन पैदलचियों से ज़्यादा चपल और समझदार हैं। रोड एक्सीडेंट्स में उनकी मृत्यु-दर आदमियों से कम है।

माना कि फुटपाथ नहीं हैं, सड़क किनारे चलने की भी जगह नहीं है। लेकिन मैं एक अदना-सा कार चालक, भला इसमें क्या कर सकता हूँ? आप पार्षद से, नगर निगम या सरकार से कहिए। आंदोलन चलाइए। दुर्घटना में मरे लोगों की स्मृति में स्मारक या चौराहा बनवाइए, तम्बू लगाइए। सरकार पैदलपथगामियों के लिए अलग से एक पूरी सड़क बनवा दे। मुझे क्या आपत्ति होगी। मैं कहता हूँ पूरी रिंग रोड बनवा दे। अभी तो इस पैदल सेना की वजह से ख़ुद मेरे मरने का अंदेशा कुछ ज़्यादा हो गया है। दुपहियों की बात तो अभी रहने ही दें।

आप यक़ीन कीजिए, मैं बहता हुआ ख़ून नहीं देख सकता। मुझे पिल्ले, बिल्ली या कबूतर तक का कुचला हुआ सिर पागल बना सकता है। इसलिए

कभी मुझसे किसी को टक्कर लग जाती है तो मैं फिर वहाँ एक क्षण के लिए भी नहीं रुक पाता। मैं किसी को मरते हुए तो छोड़िए, कराहते हुए भी नहीं देख सकता। यू नो, मैं इतना संवेदनशील हूँ कि हो सकता है मुझे उबकाई आ जाए या मूर्च्छित हो जाऊँ। फिर पुलिस और अचानक इकट्ठी हो जानेवाली भीड़ का कोई भरोसा नहीं। आपकी ग़लती न होने पर भी वे आपके साथ दुर्व्यवहार कर सकते हैं। जानलेवा क़िस्म की मारपीट कर सकते हैं। आपकी कार को तो वे खा ही जाएँगे। राख कर देंगे। वे यह भी ख़याल नहीं करेंगे कि बोनट के आगे ओलम्पिक खेलों जैसे चार छल्ले बने हुए हैं और यह कितनी महँगी है। वे जितने हुड़दंगी दिखते हैं, उससे कहीं ज्यादा ईर्ष्यालु हैं। इधर लिंचिंग भी बढ़ गई है। किसी भी बात पर लोग मारने को उतारू हो जाते हैं।

पहली बार भागने की घटना मैं कभी नहीं भूल सकता।

मैं गाँधी मार्केट से लौट रहा था। रिवर्स गीयर में थोड़ी दिक़्क़त होती थी वरना गाड़ी मैं अच्छे से चला लेता था। जिस मुख्य सड़क से घर लौटना था, वहाँ ट्रैफ़िक कुछ ज्यादा दिखा। मैंने एक पतली सड़क को पकड़ा जिस पर बहुत कम आवाजाही थी। आसपास झुग्गियाँ और मैले-कुचैले, अतिक्रमणवाले घर बने हुए थे। ख़ाली सड़क पर स्पीड अपने आप तेज़ हो जाती है। इसमें चालक की कोई ग़लती नहीं। कंपनियाँ तपाक से पिकअप लेनेवाली गाड़ियाँ बना रही हैं, सरकार की इसमें कोई दख़लंदाज़ी नहीं है, हो सकता है सहमति हो। अचानक उस पतली, सुनसान सी सड़क पर सात-आठ साल का नंग-धड़ंग बच्चा दौड़कर आ गया, उसके पीछे तेज़ी से एक सूअर दौड़ रहा था। बहुत बचाते-बचाते भी कार का दायाँ हिस्सा बच्चे को लग गया और बायाँ हिस्सा सूअर को। सूअर अपनी चीं-चीं भरी गुर्राहट के साथ पलटकर बायीं तरफ़ चला गया लेकिन बच्चा वहीं छिटककर गिर पड़ा। दुपहर थी। एक सुनसान सा पसरा था। मैं कुछ सद्भाव में, कुछ आकस्मिकता में कार बंद करके, उतरने ही वाला था कि कुछ लोग झपटते दिखाई दिए।

मैंने तत्परता नहीं दिखाई होती तो कुछ भी हो सकता था। बैक-व्यू मिरर में देखा कि वहाँ दस सैकंड में इतनी भीड़ इकट्ठी हो गयी थी मानो हाट-बाज़ार का दिन हो। ये लोअर क्लास के लोग बहुत जल्दी इकट्ठा होते हैं। इन्हें कोई और काम-धाम नहीं है। बच्चों को छुट्टा छोड़ देते हैं और लगता है कि ताक

में रहते हैं कि कोई उन्हें टक्कर मार दे। बेरोज़गारी जो न कराए सो कम है। हो सकता है कि पैसा ऐंठने का यह उनका एक तरीक़ा हो। इससे तो मिडिल क्लास के लोग बेहतर हैं। मुश्किल से इकट्ठा होते हैं। जब तक चीख़ो-पुकार हो, लोग आएँ और घेरा बनाएँ, आप मौक़ा-ए वारदात से आराम से भाग सकते हैं।

(तीन)

एक बार यह हुआ कि शहर के बीचोबीच जो सबसे लंबी चार किलोमीटर की सड़क, पंडित दीनदयाल मार्ग है, वही जो नयी सरकार के आने से पहले लिंक रोड कहलाती थी, उस पर एक दिन मुझे, ट्रैफ़िक के सिपाही ने अँगूठा दिखाकर रोका। हलकी बारिश हो रही थी और मैं अच्छे मूड में था। मैंने गाड़ी रोक दी। उसने कहा कि उसे उधर कोर्ट जानेवाले चौराहे तक छोड़ दूँ। मैंने बैठा लिया। धीमी आवाज़ में प्लेयर भी शुरू कर दिया, 'सैंया जी से ब्रेकअप कर लिया।' प्लेयर में डॉल्बी, डीटीएस सहित न जाने क्या-क्या नए सिस्टम थे, मुझे ख़ुद पूरे फ़ीचर्स नहीं पता। मैं तो जो सबसे महँगा होता है, वही ख़रीद लेता हूँ। कंपनियाँ मूर्ख नहीं हैं, वे ज़्यादा क़ीमत रखती ही इसलिए हैं कि उसमें क्वालिटी होती है। निर्धन, मध्यवर्गीय यह बात नहीं समझ सकते। गाने की अलौकिक आवाज़ से सिपहिया अभिभूत और कृतज्ञ हो गया। ऐसा मुझे लगा। हम सब जानते हैं कि यातायात विभाग के बेचारे सिपाहियों को कितना कम पैसा मिलता है और कठिन ड्यूटी करना पड़ती है। कारवाले उन्हें अकसर लिफ़्ट नहीं देते और धूप में, बारिश में भी मोटरसाइकिल वालों से ही उन्हें काम चलाना पड़ता है। मुझे अच्छा लग रहा था कि चलो, इसी बहाने सही इस बेचारे कर्मठ को लगज़री गाड़ी का लुत्फ़ उठाने का मौक़ा मिल रहा है। मैं अपने इस नेक काम के बारे में, अपनी दयालुता के संबंध में कुछ सोच ही रहा था कि बारिश तेज़ हो गई और अचानक एक गुब्बारे बेचनेवाले आदमी ने बारिश से बचते हुए, सड़क क्रॉस करनी चाही।

अब बताइए, दीनदयाल मार्ग को कोई इस तरह मैराथन दौड़कर पार करेगा तो क्या होगा। यह तो शहर का इंटरनल हाईवे है। ब्रेक लगाते-लगाते भी उसका गुब्बारोंवाला डंडा चपेट में आ गया और वह ख़ुद भी लड़खड़ाकर गिर पड़ा। ओ माई गॉड, अब क्या होगा! बग़ल में सिपाही है। मैं पहली बार ऐसा घबराया कि पसीना छूट गया। लेकिन उस सिपाही ने तत्काल मुझसे कहा कि

भाई साहब, आप रुकिए मत, एकदम निकल चलिए। यहाँ बेकार ही लफड़ा हो जाएगा। आप भले आदमी हैं। मेरी तो जान-में-जान आ गयी। मुझे लगा कि उसने नेकी का बदला मुझे दे दिया। सच्चे हृदय की दयालुता व्यर्थ नहीं जाती।

कोर्ट चौराहे पर पहुँचकर मैंने दम लिया। उस भले सिपाही को मैंने ज़िद करके दो सौ रुपये का नोट दिया। दरअसल, इन सिपाहियों का कोई भरोसा नहीं किया जा सकता। उसे उतारकर, मैं कुछ ऐसा कोण बनाकर भागा कि उसे मेरी गाड़ी का नम्बर न दिख जाए। इस तरह के क़िस्से भी होते रहते हैं। आपकी नीयत साफ़ हो तो बचानेवाला कोई-न-कोई मिल जाता है।

(चार)

आपको कहीं-कहीं लग सकता है जैसे मैं कोई संवेदनहीन या अमानुषिक हूँ। तो आप बिल्कुल ग़लत हैं क्योंकि ऐसा है नहीं। मैं अपनी किशोरावस्था की बात बताता हूँ। मेरी उमर कोई सोलह साल की रही होगी, मेरे पिताजी मारुति चला रहे थे। उस समय मारुति फ़ैशन में थी। गर्ल्स हॉस्टल के सामने उनसे एक पिल्ला कुचल गया। उस पिल्ले की कूं-कूं भी ज्यादा तेज़ नहीं निकली। पिताजी उसी रफ़्तार से चलते रहे। जैसे स्पीड ब्रेकर भी न आया हो। मुझे रोना आ गया। मैंने खिड़की के बाहर सिर निकाला तो मुँह से खट्टा पानी निकला। मुझे तीन दिन तक घबराहट रही। सपने में मरा हुआ पिल्ला दिखता था। पिताजी को मैंने क्या कुछ नहीं कहा। लेकिन उन्होंने ज्यादा तवज्जोह नहीं दी और आख़िर एक दिन इतनी ज़ोर से डाँटा कि मामला ही ख़त्म हो गया। नींद भी ठीक आने लगी। पिताजी पर मुझे कई दिनों तक काफ़ी ग़ुस्सा रहा। लेकिन अब इतने सालों बाद, ड्राइविंग करते हुए मैं उनकी मुश्किल और मजबूरी समझ पाया हूँ। कोई भी चालक मज़े के लिए न तो टक्कर मारता है और न ही कुचलता है। यह ट्रैफ़िक ही इतना पेचीदा और जानलेवा हो गया है कि इसके लिए किसी एक व्यक्ति को उत्तरदायी ठहराना नाजायज़ है। लेकिन शहर में सबसे आसान शिकार तो बेचारा कार ड्राइव करनेवाला होता है। आप न तो गाय-भैंस को कुछ कहेंगे, न ही कुत्तों, सूअरों और न बीच सड़क पर खेलते-भागते नंगधड़ंग बच्चों को, न सड़क के गड्ढों को, न काले अदृश्य डिवाइडरों को, न ग़लत ढंग से लहराकर चलनेवाली स्कूटियों और

मोटरसाइकिलों को और न ही इन गँवार पैदल चलनेवालों को। लोक निर्माण विभाग, मंत्री या सांसद को कुछ कहने की तो हिम्मत नहीं है आपकी। आप बस निरीह ड्राइवर्स को दोष देते हैं। जबकि हद यह है कि लोग कुत्तों को गले में पट्टा बाँधकर, सावधानी से सड़क पर घुमाते हैं लेकिन बच्चों को इस तरह खुला छोड़ देते हैं जैसे उनकी कोई परवाह नहीं है।

मैं ख़ुद भी वैसे कोई निडर आदमी नहीं हूँ। ट्रक, मिनी बस, हार्वेस्टरों, ट्रैक्टरों, पुलिस वाहन, और ऐंबुलैंस देखकर मेरी भी हवा निकल जाती है। मैं इनसे बचता हूँ, इन्हें ओवरटेक भी बहुत देख-भालकर करता हूँ। सावधानी ने मुझे ज़िन्दा बचाए रखा है। हालाँकि कब तक, मैं ख़ुद नहीं जानता। लेकिन मैं मर्दानगी से गाड़ी चलाता हूँ। गाड़ी चलाने में जो डर गया सो समझो कि मर गया।

यहाँ जो डरेगा, वही तो मरेगा।

(पाँच)

कुछ अप्रत्याशित परिस्थितियाँ और बताता हूँ। जिनसे साबित होगा कि किस क़दर मजबूरी में टक्कर हो जाती है। एक रात साढ़े बारह बजे मैं रेलवे स्टेशन से, दोस्त को छोड़कर घर लौट रहा था। चौदह किलोमीटर का सफ़र था और ख़ाली सड़क। ड्राइविंग का आनंद आ रहा था। अस्पताल के मोड़ पर अचानक दिखा कि दो लड़के बीच सड़क पर चल रहे हैं। यह मेरी सावधानी और ड्राइविंग कुशलता ही थी कि एक बच गया।

मेरा मूड ख़राब हो गया था। रात में ठीक से सो भी नहीं पाया। हैंगओवर की स्थिति में सुबह चाय पीते हुए अख़बार में पढ़ा कि एक अज्ञात सफ़ेद रंग की गाड़ी से, सरकारी अस्पताल के सामने आईआईटी में पढ़नेवाले लड़के की कार से कुचलकर मौत हो गई। साथवाला लड़का केवल गाड़ी का रंग देख पाया। नम्बर तो छोड़िए वह तो यह भी नहीं बता पा रहा है कि गाड़ी थी कौन सी कंपनी की। मुझे बहुत रंज हुआ। और तरस भी आया कि इतना समझदार लड़का, जो आईआईटी में पढ़ रहा था और जिसकी अक़्ल पर संदेह नहीं किया जाना चाहिए, वह सड़क पर चलना नहीं सीख पाया। तुम लाख ज़हीन हो, गणितज्ञ हो, विचारक हो या ग़ज़ब के खिलाड़ी। लेकिन सड़क पर चलना तो सीखना ही पड़ेगा। यहाँ कोई दूसरा मौक़ा नहीं मिल सकता। फिर देर रात

इस बुद्धिमान को टहलने की क्या सूझी थी! उफ़, आखिर मैं क्या करूँ? क्या मैं मर जाऊँ? या इस शहर में पैदल चलने लगूँ? इन सब लोगों ने मिलकर मेरा जीना हराम कर दिया है। मरो सालो। मरो। लेकिन समझ नहीं आता कि तुम मेरी कार के नीचे आकर ही क्यों मरना चाहते हो।

ये अख़बारवाले भी ग़ज़ब हैं। रात साढ़े बारह बजे की घटना, सुबह छ: बजे छपकर आ गई। सच कहूँ, उस पूरे दिन मेरा सिर दुखता रहा। लेकिन जीवन की विशालता और आपाधापी सामने थी। एक कॉम्बीफ्लेम से मेरा काम चल गया। साथ में एक रेनिटिडिन की टेबलेट भी खाई। हादसा ऐसा था कि एसिडिटी हो सकती थी।

(छह)

लोगों की लापरवाही के अनंत क़िस्से हैं। एक दिन देखा कि मई की दुपहरी में, पुरानी विधानसभा के सामने, दायीं तरफ़ एक हाथठेलेवाला आदमी हतप्रभ खड़ा है। उसके ठेले पर हरे गहरे रंग के तरबूजों का ढेर है। उससे दस-बारह फुट दूर एक तरबूज फटा पड़ा है और उसका कुछ लाल हिस्सा दिख रहा है, उसका रस बहकर धूल में मिल रहा है। लेकिन जल्दबाजी में देखने से ऐसा हो जाता है। मुझे क्षमा करें। दरअसल पास ही एक मोटर साइकिल भी पड़ी थी और जिसे मैं तरबूज समझ रहा था, वह तरबूज नहीं, गहरे हरे रंग के हैल्मेट के अंदर एक लड़के का फटा हुआ सिर था। पास खड़े तरबूज के ठेले ने उस पूरे दृश्य में अजीब घालमेल कर दिया था। पता लगा कि हैल्मेट का बेल्ट ठीक से नहीं बँधा था और वह किसी चालू कंपनी का हैल्मेट था। इस हद तक लोग लापरवाह हैं। आई एस आई मार्के का हैल्मेट ठीक से पहना होता तो सिर तरबूज की तरह नहीं फटा होता। क्या अब भी आप सिर्फ़ मिनी बसवाले ड्राइवर को दोष देंगे?

एक हादसा तो मेरे ही साथ होने से बचा। स्टेट बैंक के तिराहे पर एक बुड्ढा इतनी तेज़ी से सड़क पार करने लगा कि मुझे उसके बुड्ढे होने पर संदेह हुआ। और ठीक बीच सड़क पर वह अचकचाकर गिर गया। ग़नीमत थी कि चौराहे की भीड़ की वजह से मेरी कार बेहद धीमी थी। समय पर ब्रेक लग गया। बहुत से लोग इस घटना के दर्शक थे। सबने मुझे शाबाशी दी कि

कितनी सावधानी से ड्राइविंग करते हैं। उत्साहित होकर मैंने गाड़ी एक तरफ़ पार्क करके, उन बुज़ुर्ग को उठाने में मदद की और गुलमोहर के पेड़ के नीचे बैठाया। कुछ संयत होने पर उन्होंने बताया, ''बेटा, मुझे शुगर की बीमारी है। ब्लड प्रेशर भी रहता है।'' अब बताइए, गाड़ी चलानेवाले करें तो करें क्या? यों किसी की शुगर बढ़ जाए, या हाइपोग्लाइसीमिया हो जाए, बी.पी. बढ़ने से चक्कर आ जाएँ और बीच सड़क पर वह किसी आसमानी आफ़त की तरह गिर पड़े तो कुशल से कुशल चालक भी उसे नहीं बचा सकता। (आश्चर्य है कि लोग अपने बुज़ुर्गों की चिंता नहीं करते। जैसे कुछ लोग अपने बच्चों की भी नहीं करते। दोहराने के लिए माफ़ करें लेकिन लगता है कि लोग सिर्फ़ अपने कुत्तों की फ़िक्र करते हैं।)

(सात)

जैसा कि अब तक आप समझ गए होंगे कि मुझे संगीत सुनने का शौक़ है। लेकिन वक़्त की सख़्त कमी है। इसलिए मैं नहाते हुए, रेडियो पर तेज़ आवाज़ में गाने सुनने की कोशिश करता हूँ। शॉवर की और संगीत की आवाज़ों का बेमेल सहन करता हूँ। फिर तौलिये से पीठ रगड़ते हुए, अंत:वस्त्र पहनते हुए, कंघा करते हुए और फिर कपड़े पहनते हुए। इसके बाद थोड़ा समय कार ड्राइव करते हुए ही मिल पाता है। तो मैं, एफ एम सुन रहा था। इन एफएमचियों की भाषा में कहूँ तो मिर्ची खाकर ख़ुश हो रहा था, लाइफ़ बना रहा था। बजाते रहो की तर्ज़ पर बजा रहा था और ज़िन्दगी में रोशनी भर रहा था। दो जॉकी 'ही' और 'शी' इस अंदाज़ में बात कर रहे थे कि उनकी वास्तविक आवाज़ जीवन में कभी पहचानी नहीं जा सकती थी। लड़की की आवाज़ में आशा भोंसले और गीता दत्त की आवाज़ों की खरोंच शामिल थी और वह लगातार इठला रही थी। वे हर वाक्य को सैक्सी बनाने में लगे हुए थे कि सामने गाय आ गई।

अब आगे गाय। बग़ल में एक साइकिलवाला। दायीं तरफ़ टाटा सफारी और उसके ठीक पीछे वॉल्वो बस। फिर भी मैंने भरसक कोशिश की मगर साइकिल सवार को बचाने के चक्कर में ज़रा सी टक्कर गाय को लग गई। उसकी टाँग में गाड़ी का बम्पर लगा। पीछे ट्रैफ़िक था। मुझे उतरना ही पड़ा। मैं तत्काल समझ गया कि गाय को टक्कर मारकर आप इतनी आवाजाही के

बीच भाग नहीं सकते। वक़्त की नज़ाक़त समझकर मैं एकदम रुआँसा हो गया। मैंने अफ़सोस में अपने माथे पर तीन-चार बार हाथ मारा और ज़ोर से कहा कि हाय, यह मुझसे क्या हो गया। मैंने तुरंत जाकर, सींगों से बचते हुए उसके अगले दोनों खुर छू लिए और सरेआम क्षमायाचना की। एकत्र हो गए फ़ुर्सती जनसमूह पर इसका अच्छा प्रभाव पड़ा।

उसी समय न जाने कहाँ से एक पीताम्बरी प्रकट हो गया और बताने लगा कि वह गोरक्षा समिति का उपाध्यक्ष है। मैंने उसके भी पैर छुए और कहा, ऐसे संकट की घड़ी में आप अच्छे आये। मैंने बिना माँगे, दो पाँच सौ रुपए के नोट दिए और आग्रह किया कि वे कृपा कर इस गाय माता की चिकित्सा का प्रबंध कर देंगे। उसने धीरे से कहा कि और एक हज़ार लगेंगे। मैंने बिना हुज्जत के दो और नोट पकड़ाए। बस, एक मात्र यही दुर्योग था कि मैं भीड़ में फँस गया था। लेकिन प्रत्युत्पन्नमति और मेरी दानशीलता ने मुझे बचा लिया। तब मैंने ज्ञान नये सिरे से प्राप्त किया कि गाय को छोड़कर किसी को भी टक्कर मारी जा सकती है। जैसे यदि गोरक्षा समिति के उपाध्यक्ष को टक्कर लग जाती तो निश्चित ही मेरे दो हज़ार रुपये भी बच सकते थे। तब भीड़ इतनी अधिक आक्रामक नहीं, कुछ उदार हो सकती थी। बहरहाल।

(आठ)

पैदल चलनेवाले लोगों की इन हरकतों का मुझ पर काफ़ी असर आ गया है। पिछले इतवार शाम 7 बजे मैं सोडा और नमकीन लेने सामने के साँची प्वाइंट पर जा रहा था। सड़क पार करते हुए अचानक मैं भी आगे-पीछे होने लगा। अच्छा हुआ कि एक मोटरसाइकिल सवार ने मुझे सिर्फ़ माँ की गाली दी और सर्र से चला गया। वह टक्कर भी मार सकता था। ये पैदल चलनेवाले अपनी हरकतों से सबको प्रभावित कर रहे हैं। इनको देखकर मेरे जैसे, सावधान नागरिक भी बिगड़ रहे हैं, घबराने लगे हैं और सड़क पार करने में लड़खड़ा रहे हैं। उसी दिन मैंने क़सम ली कि भूल से भी अब पैदल नहीं चलना है। पैदल सड़क पार तो कभी नहीं करना। अब मैं दो सौ मीटर तक के लिए भी कार से जाता हूँ। इसी में सुरक्षा है। हो सकता है पैदल न चलने से मुझे गठिया हो जाए, जोड़ों में दूसरी तरह की तकलीफ़ें हो जाएँ। मगर जान तो

बची रहेगी। शायद।

लेकिन ये सिर्फ़ सावधानियाँ हैं। चतुराइयाँ हैं। भय हैं और उपाय हैं। इनसे आप दुर्घटनाओं को कम कर सकते हैं। रोक नहीं सकते। सबको इन्हीं सड़कों पर मरना है। आज या कल। परसों तो पक्का। मैं इस यथार्थ भरे जीवन दर्शन से परिचित हूँ। लेकिन मैं रुक नहीं सकता। जीवन ऐसा है कि मैं धीमा नहीं चल सकता। हम सब वध्य हैं। जैसे समुद्र का नियम है कि बड़ी मछली, छोटी मछली को खा जाती है, वैसे ही सड़क का नियम है। यहाँ बड़ी गाड़ी, छोटी गाड़ी को खा जाती है। पैदल चलनेवाले घोंघों को तो कोई भी खा जाएगा। यह लगभग क़ानूनी है, बस थर्ड पार्टी बीमा होना चाहिए।

ज़्यादा से ज़्यादा आप बीमा राशि और मुआवज़ा वसूल सकते हैं। हर घर में दुर्घटना में मारे गए लोगों की तस्वीर है। लेकिन घर का कोई आदमी यह अफोर्ड नहीं कर सकता कि वह मोटर साइकिल या कार की सवारी छोड़ दे। पैदलचियों की तो बात क्या, सार्वजनिक बसों में, इंटरसिटियों, मैट्रो गाड़ियों में भी एक दिन सबको मरना है। छोटी-बड़ी विकलांगता तो आनी ही है। आपने देखा होगा रोज़ पायदान पर लटकने की कोशिश में घिसटकर मरनेवालों की सूची के लिए अब अख़बारों में भी एक अलग कॉलम आने लगा है। बीमा कंपनियों ने सड़क-दुर्घटनाजन्य स्थितियों के लिए इतनी तरह की योजनाएँ बनाई हैं कि उन्हें पढ़ने में एक महीना लग सकता है और समझने के लिए तो जीवन पड़ा है। या फिर दुर्घटनाग्रस्त होना पड़ेगा।

(नौ)

कभी-कभी अजीब ख़याल पीछा करते हैं।

जैसे चौराहों पर खड़ी प्रतिमाओं को देखकर मुझे लगता है कि ट्रैफ़िक की अव्यवस्था में इनका भी योगदान है। ये ठीक बीच में बागड़बिल्ले की तरह खड़े हैं और एकटक न जाने कहाँ देख रहे हैं। आसपास चबूतरा बना हुआ है। सबसे ज़्यादा ग़लती महात्मा गाँधी जी की है। ख़ुद तो हिंसा के शिकार हुए, अब लगता है कि हिंसा करा रहे हैं। उनके ऐन सामने हर शहर में, रोज़ दुर्घटनाएँ होती हैं। ख़ून बहता है। कई बार आदमी अहिंसा के पुजारी के ठीक सामने दम तोड़ देता है। वे चुपचाप, टुकुर-टुकुर देखते रहते हैं। शहर में दस-बारह

चौराहों पर गाँधी जी खड़े हैं, लेकिन सत्ता-चौराहे पर वे दरअसल एक गड्ढे में हैं क्योंकि शहर की टोपोग्राफ़ी ऐसी है कि जहाँ यह चौराहा बना, वहाँ चारों तरफ़ की पहाड़ियों से उद्भूत सड़कें आकर मिल गईं हैं। इसलिए गाँधीजी को उसी नैसर्गिक गड्ढे में खड़ा होना पड़ा। बताते हैं कि सरकार की स्लम एरिया के वोटों संबंधी कोई मजबूरी थी। बहरहाल, पिछले गुरुवार की दुपहर ऐन उसी चौराहे पर पर्यटन विभाग की बस ने एक मैज़िक वाहन को रौंद दिया। क़रीब दस लोग वहीं, गाँधी जी के चरणों में दिवंगत हो गए और उनका इतना ख़ून बहा कि गाँधी जी की प्रतिमा के चारों तरफ़, उस चौराहे के गड्ढे में ख़ून जमा होता रहा। मीडिया के लिए दुर्घटना स्थल की जो पहली तस्वीर खींची गई उसमें गाँधी जी ख़ून के छोटे-से पोखर में खड़े-खड़े मुस्करा रहे थे, जैसे वे दो हज़ार के नोट पर मुस्कराते हैं। मानो वे तमाम हिंसाओं के बीच मुस्कराने के लिए अभिशप्त हों। जैसे मरणोपरांत यही उनका कार्यभार हो।

दैनिक जीवन के मुखपृष्ठ पर छपी यह तस्वीर मुझे किसी रूपक की तरह जान पड़ी और मैं भी मुस्कराने लगा। कि 'सिटी ऑव लेक्स' में एक और नयी झील का समावेश हो रहा है, जिसका उद्घाटन गाँधी जी के चरणों में बैठकर स्वयमेव हो गया। कुछ देर बाद ध्यान आया कि यह मुस्कराने की नहीं बल्कि रोने की परिस्थिति है। मज़ाक़ की नहीं, क्रोधित होने की स्थिति है। फिर मुझे ग़ुस्सा आने लगा। मन हुआ कि चौराहों से इन तमाम महात्माओं, जैकिटों, टोपियों, साड़ियों, उंगलबाज़ों, घोड़ों, योद्धाओं, तिलकधारियों और साफ़ों की मूर्तियों को उठाकर एक तरफ़ धर दूँ कि भाई, हटो। बीच में से हटो। चौराहे को साफ़ करो, कुछ जगह दो और उधर कोने में खड़े होकर देखते रहो। यों भी, अब ये सड़कें और चौराहे ऑटोमोबाइलवालों के हैं। रोड टैक्स चुकानेवाले वाहन मालिकों के हैं। आप यों बीच में खड़े होकर क्या कर रहे हो। लेकिन मुश्किल यह है कि आप सोच कुछ भी लें, ग़ुस्सा कितना भी जता लें लेकिन इस देश-दुनिया में ट्रैफ़िक का कुछ कर नहीं सकते। आप सिर्फ़ चौराहों पर मर सकते हैं या मार सकते हैं। तो बेहतर है कि मार सकने का विकल्प चुनने की कोशिश की जाए। हालाँकि, सामनेवाले ने भी अपनी जान बचाने की ख़ातिर यही विकल्प चुन रखा है।

(दस)

पंद्रह साल पहले यूकिओ मिशिमा का एक उपन्यास पढ़ते हुए मुझे लगा था कि आदमी को युवावस्था में ही, चालीस-पैंतालीस के आसपास मर जाना चाहिए अन्यथा वह शरीर के लगातार बूढ़ा होने, अंगों के दुर्बल होने से कष्ट उठाकर मरता है। इस वाक्य ने मुझे बहुत साहस दिया था और इसका असर मेरे ऊपर बना रहा। इससे उत्पन्न मेरी कोई दबी-छुपी आकांक्षा या आशंका रही हो जो इस तरह फलीभूत हुई कि सूखी महानदी से रेत भरकर लाते हुए डम्पर ने, मेरी कार में सीधी टक्कर मारी।

अब लंबे समय के लिए बिस्तर पर हूँ। मैं समझ रहा हूँ कि मेरे घरवाले दरअसल एक असमाप्त प्रतीक्षा में फँस गए हैं। उनके मन में क्या चलता है, उसका अंदाज़ा मुझे है। वह सब लिखने का यहाँ कोई मतलब नहीं। उधर मेरे तमाम मजूबर दोस्त सड़कों पर मरने-मारने के लिए जान हथेली पर लिए घूम रहे हैं। हम सब एक अनिवार्य और अपरिहार्य युद्ध में शामिल हैं। यदि बच गया तो मैं सड़कों पर, फिर इसी तरह से, दुबारा अपना जीवन दाँव पर लगाने के लिए प्रस्तुत रहूँगा। विवशता है। कुल मिलाकर यही एक जीवन मिला है। जो है, जैसा है, जहाँ है। उसी भाषा में समझें जो निविदा के विज्ञापनों में लिखी रहती है। विकल्पहीन। लेकिन शपथपूर्वक कहना चाहता हूँ कि जानबूझकर न मैंने कभी किसी को मारा है और न ही किसी ने लक्ष्य बनाकर मुझे मारने की कोशिश की है। जिसने मुझे टक्कर मारी वह अवैध खनन के रेत-माफ़िया का डम्पर था। मैं इसे मुद्दा बना सकता था लेकिन सच तो यह है कि सड़क पर किसी से मेरी कोई दुश्मनी नहीं है। न मुझसे किसी की। सब अजनबी हैं, अपनी आपाधापी में हैं और सबसे बराबरी का ख़तरा है। यहाँ सब एक-दूसरे के निर्दोष शत्रु हैं, हितैषी मित्र कोई नहीं।

अब अपनी दुर्घटना के बारे में मुझे केवल इतना याद आ रहा है कि उस वक़्त, डम्पर को एकदम सामने देखकर, दरअसल मैं डर गया था। अन्यथा, बग़ल में कुछ जगह थी, जहाँ इक्का-दुक्का लोग पैदल जा रहे थे। घोंघे।

लेकिन मैं डर गया था।

(2012)

स्वर्ण-कमल

जब माँ नहीं रहीं तो उनकी सिंदूरी पेटी खँगाली गई, यानी टीन की वह संदूक़ जिस पर सिंदूरी रंग का वार्निश हमेशा बना रहा। तमाम फ़ालतू चीज़ों और चिथड़ों के बीच उसमें से एक कमल का फूल निकला। पीले-से रंग की धातु का कमल। जो पीतल का इसलिए नहीं था क्योंकि उस पर वैसे दाग़ नहीं थे जो लंबे समय तक रखे हुए पीतल पर पड़ जाते हैं। बल्कि एक सौम्य, स्निग्ध चमक थी। हाथ में लेने पर लगा कि कुल बारह पंखुड़ियों के उस कमल का वज़न दो-ढाई सौ ग्राम होगा। माँ कहती थीं कि सिंदूरी पेटी में उनके बचपन की कुछ चीज़ें हैं, जिनका आज की दुनिया में कोई मतलब नहीं और वे किसी को बताना भी नहीं चाहती थीं कि वे चीज़ें आख़िर क्या हैं। तो यह कमल का फूल मेरे नाना के घर से आया होगा। कैसे, यह बताना तो अब असंभव है।

कमल का फूल बहुत कलात्मक और सुंदर था। पंखुड़ियाँ न तो मोटी थीं और न एकदम पतली। मोटाई इतनी कि हाथ फेरने पर उँगली नहीं कट सकती थी। और वे आसानी से मुड़ नहीं सकती थीं। पंखुड़ियाँ आकर्षक कटाव लिए थीं। बनक देखकर मुझे लगा, हो सकता है कि उसकी उम्र सौ साल से अधिक हो। प्रसन्न वदन पत्नी ने देखते ही कहा कि यह सोने का है। सोने का ही है, उसने ज़ोर दिया। फिर लगातार वाक्यों में असीम अफ़सोस और ग़ुस्सा प्रकट किया, जिसका सार यह था, 'इतनी ग़रीबी के बावजूद माँ ने सोने के कमल के बारे में परिवार को कुछ नहीं बताया। यहाँ तक कि अपनी उस प्यारी बड़ी बहू को भी नहीं, जिसने अंतिम समय तक सेवा में कोई कमी नहीं रखी। दिन भर उनके मुँह में गंगाजल डालती रही मगर इस बारे में उनके मुँह से एक शब्द न फूटा। ओह! सबका जीवन घर में सोने के पाव भर कमल के

फूल के बावजूद विपन्नता में बीतता रहा।' फिर कुछ सायं-सायं और अंतत: संतोष की साँस सुनाई दी कि चलो, अब यह हाथ आ गया है। रात में पत्नी ने मुदित होकर कहा, ''कमल के फूल पर लक्ष्मी विराजती हैं। मानकर चलो कि हमारे घर में साक्षात् लक्ष्मी मैया प्रकट हुई हैं।''

आगे जैसा कि होना था उस कमल को लेकर मैं अपने एक परिचित सुनार की दुकान पर गया। उसने मुस्कराकर स्वागत किया। मटमैले झोले में से निकालकर स्वर्ण-कमल को मैंने उसके सामने रखा, ''इसकी क़ीमत क्या मिलेगी।'' उसने हाथ में लेकर, घुमा-फिराकर देखा, फिर कुछ घिसा और संजीदगी से बोला कि यह सोने का नहीं है। मैं एकदम सदमे में आनेवाला व्यक्ति नहीं हूँ लेकिन निश्चित ही मुझे कुछ धक्का लगा। मैंने सँभलते हुए कहा, ''ज़रा ध्यान से देखो, जाँचो।''

''जाँच के बाद ही कह रहा हूँ भाई साहब।'' वह किंचित हास के साथ बोला

''तो फिर यह किस धातु का है।''

''पीतल का हो सकता है।''

''लेकिन इतने सालों बाद इस पर वैसे चकत्ते नहीं हैं, जो पुराने पीतल पर आ जाते हैं।''

''मुमकिन है इसमें कुछ दूसरी धातुएँ मिलाई गई हों''

''तब यह भी मुमकिन है कि इसमें कुछ सोना मिलाया गया हो''

''नहीं, लगता तो नहीं कि इसमें सोना मिला हो। कुछ ताँबा वग़ैरह ज़रूर होगा।''

''लेकिन लगता तो स्वर्ण का ही है।''

''कुछ सोना कल्पना में भी होता है, हो सकता है वही मिलाया गया है।'' उसने खीझकर कहा। (शायद वह तत्सम विरोधी था। सोने को स्वर्ण कहने पर कुछ झल्ला गया हो।)

''फिर मैं इसका क्या करूँ, कहाँ बेच दूँ।''

''भाई, आप इसे किसी बर्तन की दुकान पर ले जाएँ।''

कहकर वह दूसरे ग्राहकों की तरफ़ मुड़ गया।

लेकिन मैं आपको बताना चाहता हूँ कि मैंने कोई कोर-कसर नहीं छोड़ी।

उसे लेकर मैं अनेक स्वर्णकारों, ज्वैलर्स की दुकानों पर गया। सबने कहा इसमें सोना नहीं है। चाँदी भी नहीं। लेकिन कोई भी इस बात का जवाब नहीं दे पाया कि जब इसमें सोना नहीं है तो यह इतनी पीत-आभा कहाँ से आई। इसमें चाँदी भी नहीं है तो इतनी चाँदनी-भरी स्निग्धता कैसे है। बर्तनों की दुकान पर गया, पीतल का व्यापार करनेवाले थोक-व्यापारी के पास गया, उन्होंने कहा कि हम लिखकर देने तैयार हैं कि यह पीतल नहीं है। फिर भी आप बेचना चाहो तो पुराने पीतल का भाव दिया जा सकता है। आपको संतोष न हो तो कहीं और दिखवा लीजिए, शायद कुछ सोना निकल आए। मेरे दिन-रात उलझ गए। कई महीनों तक मैं अपना कोई दूसरा काम नहीं कर पाया। पत्नी को साथ लेकर कई दुकानों पर गया ताकि उसको भी विश्वास रहे। उसके सामने उन स्वर्ण-पारखियों ने कहा कि बहन जी, यह सोना नहीं है, अन्यथा हम ख़रीद न लेते। एक बुज़ुर्ग दुकानदार ने तो उसे बेटी कहकर, पीठ पर हाथ फेरते हुए समझाया, भरोसा दिलाया। कहा कि हम तो यहाँ बैठे ही इसलिए हैं कि सोना लाओ या ले जाओ। हमारा फ़ायदा केवल बेचने में नहीं, ख़रीदने में भी है। दो पैसे मिलेंगे तो क्यों न लपककर खरीदेंगे।

उदास हम घर लौट आते। फिर उसे रोशनी में, बॉल्कनी की धूप में, चाँदनी में, सीएफएल के प्रकाश में, हर तरह से घुमा-फिराकर, हाथ में लेकर पास लाकर, फिर दूर रखकर देखते, हमें वह सोने का ही प्रतीत होता। अँधेरे में या दस वॉट के बल्व में भी वह हमें कम-से-कम तेईस कैरेट का स्वर्ण ही प्रतीत होता। ऐसा नहीं है कि हमने कभी सोना न देखा हो। जनाब, लॉकेट-मंगलसूत्र है घर में, दो अँगूठियाँ हैं। विवाह में मिला पत्नी का एक बेंदा है और दो ग्राम का एक सिक्का भी है जो होण्डा की मोटर साइकिल के साथ मिला था।

बहरहाल, जोख़िम की क़ीमत पर भी मैंने अपने तीन-चार दोस्तों को वह कमल दिखाया। देखते ही सबने कहा, यह तो सोने का है। फिर मैंने पूरी रामकथा सुनाई। उन्होंने सुनकर कुछ सुझाव तत्काल दिए। एक ने कहा कि तुम इसे पुरातत्व विभाग ले जाओ। वे लोग इसे ख़ुशी से लेंगे, सही क़ीमत भी देंगे। सरकारी गति से पैसा मिलेगा लेकिन पक्का मिलेगा। थोड़ा-बहुत कमीशन देना पड़े तो दे देना। लेकिन ख़तरा यह हो सकता है कि उनमें कुछ

अधिकारी घाघ होते हैं। वे पूछ सकते हैं कि यह इतनी पुरानी चीज़ आई कहाँ से। क्या सरकार को इसकी सूचना दी गई थी। यह सिंदूरी पेटी और अम्माँ की कहानी वहाँ नहीं चलेगी। वे लोग सीधे एफ आई आर भी कर सकते हैं। तब आप सिद्ध कीजिए अपना स्वामित्व और यह मामाजी–नानाजीवाली वंशानुगत अर्जित संपत्ति का स्रोत।

दूसरे ने कहा कि नहीं, तुम इसे ऐंटीक का व्यवसाय करनेवालों के पास ले जाओ या स्मगलगरों के पास। वे सही क़ीमत देंगे और झिकझिक नहीं करेंगे। स्मगलर हैं तो क्या हुआ, कला के पारखी हैं। फिर हँसकर कहा कि तुम देख सकते हो कि कला के क्षेत्र में जितने रईस हैं, ज्यादातर वे सब आख़िर क्या हैं। लेकिन हमें उनके गुण देखने हैं, अवगुण तो सभी में होते हैं। बस, ध्यान रखना कि कोई उनके पास सामान बेचने आता है तो वे दो लाख रुपये के ऐंटीक की क़ीमत, दो हज़ार से शुरू करते हैं। बिल्कुल कबाड़ियों की तरह। उनमें से भी कुछ लोग पुलिस के क़रीबी होते हैं, सुना है कि जो उन्हें उनकी मनचाही क़ीमत पर अपना ऐंटीक का सामान नहीं देता उसे वे धमकियाँ देते हैं। हर हाल में वे पसंद का सामान ले ही लेते हैं। घर में चोरी तक करवा सकते हैं।

तीसरे दोस्त ने और अधिक उलझन भरी बात कही। कि यह फूल त्रेता युग का प्रतीत होता है। उस युग में नाना प्रकार की खोजें हो चुकी थीं। यह भारत देश सोने की चिड़िया था। तरह-तरह की धातुएँ बन गई थीं। मेंडलीफ की तालिका में उतनी नहीं हैं। उस स्वर्णकाल की धातुओं को इधर के ज्वैलर्स नहीं पहचान सकते। बहरहाल, इससे यह भी तय हो जाता है कि कमल दरअसल भारतीय मूल का पुष्प है। सबसे अच्छा यह होगा कि तुम इसे 'भारतीय सांस्कृतिक संघ' के पास ले जाओ। वे बहुत ज्ञानी, आस्थावान और श्रद्धालु लोग हैं। एकदम इसे ले लेंगे। मगर हो सकता है कि पैसे कम दें। या न भी दें। धर्म और राष्ट्र के नाम पर तुमसे माँग लेंगे। कम-से-कम तुम्हें धर्म और देशसेवा का लाभ एक साथ मिल जाएगा। लेकिन दूसरा कोई टंटा-फ़साद नहीं होगा।

मैं घबरा गया। भयभीत हो गया। मुझे लगा कि यदि ये मज़ाक़ भी कर रहे हैं तो बहुत क्रूर मज़ाक़ है। यों भी मैं और मेरी पत्नी सीधे-सादे लोग हैं, राजनीति, संस्कृति जैसे पचड़ों से दूर रहते हैं। अन्यथा उस दिन उस बुज़ुर्ग

सुनार की दुकान पर ही न झगड़ पड़ते जिसने मेरी पत्नी की पीठ पर अपना हाथ फेर ही दिया था। ख़ैर। मैंने उन दोस्तों से कहा कि भाई, ज़ाहिर है कि तुम लोग ज़्यादा समझदार हो, व्यावहारिक हो, जान-पहचानवाले हो, तुम ही यह काम करा दो। लेकिन वे सब कन्नी काट गए। एक ने बाद में कहा कि यार, हम सबको लगा कि कहीं यह चोरी का हुआ तो हम बेकार ही फँस जाएँगे।

अब यह स्वर्ण-कमल यहाँ घर में पड़ा है। पत्नी ड्राइंग-रूम में नहीं रखने देती। वह भी दोस्तों की बातें सुनकर डर गई है और नहीं चाहती कि हर कोई आने-जानेवाला इसके बारे में उत्सुकता दिखाये या पूछताछ करे। लेकिन कहती यह है कि घर में बहुत धूल आती है, इसकी पंखुरियों में घुस जाएगी। और इतनी सफ़ाई वह चीज़ों की कर नहीं सकती। दरअसल, सबसे ज़्यादा डर उसे घर का झाड़ू-पोंछा करनेवाली बाई का है जो, उसके और पूरी कॉलोनी के अनुसार, चोरी में बहुत माहिर है। कई घरों से चीज़ें उठाकर ले जा चुकी है। पलक झपकते ही ब्लाउज़ में रख लेती है। तलाशी भी नहीं ले सकते। हालाँकि, मैं अभी तक यह नहीं समझ पाया कि इतना बड़ा कमल, जो दो-ढाई सौ ग्राम का होगा, वह ब्लाउज़ में आख़िर छिपा कैसे सकती है। मेरी दिलचस्पी बनी हुई है लेकिन चुप हूँ। पत्नी से इस बारे में ज़्यादा बात करने से गृहस्थी में नयी मुश्किलें और पेचीदगियाँ पैदा हो सकती हैं।

पत्नी ने स्वर्ण-कमल को वापस उसी सिंदूरी पेटी में पटक दिया है। उसने साफ़ तौर पर मुझे समझा दिया है कि इस फूल के बारे में मैं अपने भाइयों और बहनों को बिलकुल न बताऊँ। वह इसमें कोई पारिवारिक विवाद या कहें कि हिस्सेदारी नहीं चाहती। उसे विश्वास है कि एक न एक दिन कोई ईमानदार और पारखी स्वर्णकार मिलेगा जो इसकी सही क़ीमत देगा। अभी का ज़माना तो ऐसा है कि अपराधी को अपराधी, केसरिया रंग को केसरिया, बबूल को बबूल और सोने की चीज़ को भी लोग सोना नहीं कहते। हाँ, यह शुद्ध पीतल का होता तो ज़रूर ही सोना बताकर इसे ठिकाने लगाया जा सकता था। यही कलयुग है। सच्चा कलयुग।

इधर स्वर्ण-कमल के बावजूद घर में विपन्नता बनी हुई है।

जिसमें अब खिन्नता का भी समावेश हो चुका है।

(2015)

संसार के आश्चर्य

(जो विस्मित नहीं हो सकते, वे अधूरे मनुष्य हैं।)

पिछले संग्रह 'इच्छाएँ' में संकलित इसी शीर्षक के अंतर्गत वर्णित संसार के तीन आश्चर्यों के क्रम में, ये दो और आश्चर्य हैं जिनका वृतांत यहाँ है। जैसा आपको पता है कि बेकल करनेवाले दृश्यों, जगहों और अनुभवों का प्रचार-प्रसार, लेखक-पर्यटक के नाते मेरा सनातन धर्म है।

वस्तु-बाज़ार

संसार के इस आधुनिकतम आश्चर्य को याद करते हुए, मैं इसे बेहद दिलचस्प, मनोरंजक और विकल कर देने वाले आश्चर्य की संज्ञा और विशेषण दे सकता हूँ। सभ्यता-विकास के उल्लेखनीय पड़ावों में इसे रखा जा सकता है। विज्ञान ने सभ्यता को हमेशा ही प्रभावित किया है। प्रभावित ही नहीं बल्कि सभ्यता को बदला है, उसे परिभाषित किया है और मनुष्य की इच्छाओं, आकांक्षाओं, कल्पनाओं का विस्मयकारी ढंग से कार्यान्वयन कर डाला है। मनुष्य ने हवा में तैरने की आकांक्षा की, विज्ञान ने उसे तैराया। मनुष्य ने मछली बनकर महासागरों की यात्रा करने का स्वप्न देखा, विज्ञान ने उसे करने दिया। आदमी ने सोचा कि उसे एक दिमाग़ी-यंत्र मिले, विज्ञान ने उसे दिया। मनुष्य ने सोचा कि उसे एक यांत्रिक-दास मिले, विज्ञान ने वह भी उसे उपलब्ध कराया। यहाँ तक कि आदमी ने इच्छा की कि वह बस एक खटका दबाये और पेड़, पहाड़, नदी या दूसरे मनुष्य ख़त्म हो जाएँ तो विज्ञान ने किंचित अरुचिपूर्वक ही सही, राजनैतिक दबावों में ही सही, उसकी इस इच्छा को भी पूरा किया।

आप सहमत होंगे कि मनुष्य प्रारंभ से यह भी जानता रहा है कि बिना दूसरे मनुष्य के उसका काम चलनेवाला नहीं। मगर उसकी प्रत्येक गतिविधि

अंतत: आर्थिक और सत्तावान हो जाने की इच्छाओं के दायरे में है। इस दायरे को विस्तारित और आधुनिक करना भी उसके सहज दायित्वों में शामिल रहा है। आदिमानव को छोड़ दिया जाए तो विनिमय और हाट-बाज़ार, किस ज़माने में नहीं रहे। बल्कि बाज़ार की प्रकृति से मानव-समाज की प्रगति का पता लगाया जा सकता है। जैसा बाज़ार, वैसा समाज। आप मुझे बाज़ार की प्रकृति बताइये, मैं उस समाज की प्रकृति बता दूँगा। बाज़ार को प्रगति का प्रमुख सूचकांक भी कहा जा सकता है। मनुष्य ने अपने काल के सापेक्ष, सदैव ही एक आधुनिकतम बाज़ार की कल्पना की। जहाँ हर चीज़ का विनिमय, क्रय, विक्रय सभी लोगों के लिए सुविधाजनक रहे। लेकिन यह 'वस्तु बाज़ार' जो अभी तक संसार में एक ही है, अपने आपमें अनोखा है। बाज़ार और ग्राहक की सारी इच्छाओं, आकांक्षाओं, कामनाओं, और वासनाओं को यहाँ इस तरह समाहित कर दिया गया है कि यह स्वप्न लगता है। इस बाज़ार में घूमते हुए आप कई बार ख़ुद को चिकोटी काटते हैं कि कहीं नींद में ही तो नहीं घूम रहे हैं। इस आश्चर्य को संसार के आश्चर्यों की 'शास्त्रीय कोटि' में घोषित नहीं किया है। बस, 'विज्ञान, बाज़ार और व्यवहार' के अंतर्गत ही इसे आश्चर्य मान लिया गया है। बीस साल पहले बने इस बाज़ार को, एक *बाज़ारज्ञान पत्रिका* द्वारा चलाये गए आंदोलन के चलते बहुत प्रचार मिला। उसी की बदौलत अभी सात बरस पहले ही इसे मानवनिर्मित 'अनूठे आश्चर्य' की मान्यता मिली है। असंख्य पर्यटकों का यहाँ आना-जाना है। आँकड़ों पर विश्वास किया जाए तो पिछले साल, संसार के समस्त आश्चर्यों को देखने आये पर्यटकों में से, सर्वाधिक इसी वस्तु-बाज़ार के हिस्से में आए। कह सकते हैं कि यह तकनीक, उद्योग और सेवाक्षेत्र की आशाओं और उपलब्धियों का समवेत फलन था। यों तो कोई भी पर्यटक इस आश्चर्य का किंचित पूर्वानुमान लगा सकता था लेकिन इसमें घूमते हुये वह मन-ही-मन स्वीकार करता था कि हाँ, मैं ठीक-ठीक और पूरा-पूरा अनुमान नहीं लगा सका था।

बाज़ार क्या एक छोटा-मोटा शहर है। मीलों फैला विशाल कॉम्पलेक्स। पूरा कंक्रीट और एलॉय धातुओं से बना हुआ। शताधिक प्रवेशद्वारों से सज्जित। क्रेडिट या एटीएम कार्ड धारक या यूपीआई से लैस मोबाइलवाले ही इसमें प्रवेश कर सकते हैं। कार्ड स्वीप करते ही एक सुंदर महिला द्वार खोलती है,

मुस्कराकर हाथ मिलाती है, आपकी मातृभाषा में आपका स्वागत करती है। उसके ठीक पीछे खड़ी दूसरी सुंदरी आपको फूल देते हुए सुखद बाज़ार-प्रवास के लिए शुभकामनाएँ देती है। अंदर रोशनी का सर्वथा नया रूप आपके सामने है। सूर्य के प्रकाश से कहीं अधिक चमकीला और सांद्र। लेकिन कहीं भी चुभन नहीं। अब हर चीज़ अधिक स्पष्टता और अपने उजास के साथ दिख रही है। जैसे हम प्राकृतिक दिन के प्रकाश में से नहीं बल्कि किसी कृत्रिम प्रकाश में से यहाँ आ गए हों और संसार का पहला वास्तविक प्रकाश देख रहे हों। सबसे पहले यह उजाला ही आपको इतना प्रसन्नचित्त और स्वस्थ कर देता है कि आप अपने होशो-हवास के साथ, ग़ुलाम हो जाना चाहते हैं। आप ऐसी ही किसी जगह की खोज में जीवन भर से थे कि जिसके आगे समर्पण करते हुए हार्दिक और संतुष्टिदायक ख़ुशी मिल सके। यहाँ कुछ रासायनिक परिवर्तन आपके भीतर होते हैं और आप इन्हें अनुभव करते हैं। मानो अनेक तत्वों के अणु एकसाथ लगातार आपके दिमाग़ और उदर में क्रिया-प्रतिक्रिया कर रहे हों और आप किसी उत्सुक विद्यार्थी की तरह काँच की परखनलियों में उनका होना-बनना-टूटना देखते हों। सब तरफ़ से ख़ुशी के बुलबुले उठते हों और इस प्रकाश की तेजस्वी शीतलता में समा जाते हों। काफ़ी हद तक इस स्निग्ध प्रकाश को, इसके प्रभाव को उज्ज्वल चाँदनी के समकक्ष रखा जा सकता है लेकिन आप उस चाँदनी में कई गुना 'लक्स' का गुणा कर दें, तब कहीं उसकी रोशनी का अंदाज़ा किया जा सकेगा।

इस प्रकाशलोक से किंचित छुटकारा मिलते ही ध्यान वस्तुओं पर जाता है। कहीं कोई दुकान नहीं। सिर्फ़ वस्तुएँ। आभायुक्त। एक-दूसरे की उजास में चमकतीं। चलित शो-केसों में सजी, किसी प्राकृतिक झाड़ीनुमा आकार पर अपने को प्रदर्शित करती हुईं, ख़ुद अचानक आपके सामने प्रकट होतीं, अपने बारे में धीरे-से कान में फुसफुसाती हुईं। आप चलते जाइये, वे आपको रास्ता देती जाएँगी मगर एक शालीन और प्रभावी तरीक़े से आपको घेरे रहेंगी। वे आपको आक्रांत नहीं करेंगी, वे आपके साथ, आपके आसपास इस गरिमा से बनी रहेंगी कि आपको विशिष्टता और आनंद का बोध बना रहेगा। जिस वस्तु को लेने का ख़्याल भी आपके मन में आ गया हो, वह वस्तु आपका पीछा लगातार करेगी। लेज़र और अदृश्य अन्य किरणों का ऐसा जाल वहाँ बिछ

हुआ है कि आप मन की बात वस्तुओं से छिपा नहीं सकते। आप ख़ुद को धोखा दे सकते हैं, वस्तुओं को नहीं। आप ख़ुद के प्रति कठोर हो सकते हैं, वस्तुओं के प्रति नहीं। आप किसी वस्तु की इच्छा कीजिए और एक सैकंड में ही वह आपके आसपास इठलाती नज़र आयेगी। अपने तमाम प्रतियोगी मूल्य और उपलब्ध मॉडल्स साइड स्क्रीन पर चमकाती हुई। संभव विकल्पों को इस तरह पेश करते हुए कि पलक झपकते ही आप उस वस्तु विशेष की प्रजाति, उसके डीएनए तक के बारे में सब कुछ जान लेते हैं। हर वस्तु को उसका अपना चलित 'इलेक्ट्रॉनिक त्रिआयामी डिस्प्ले स्क्रीन'–ईटीडीडीएस हासिल है। सारे विवरण आपकी मातृभाषा में दिए जाएँगे। यहाँ भाषाओं का वैश्वीकरण, एकीकरण, अनुवाद अंतरण और पुनर्वितरण हो चुका है।

इतने बड़े बाज़ार में मैंने इच्छा भी की तो पत्नी के लिए महज़ एक साड़ी की। क्षण भर में ही मैं आठ-दस रूपवती स्त्रियों से घिर गया। वे सब उन साड़ियों का प्रदर्शन कर रही थीं जो मेरे मन को अच्छी लग सकती थीं। मेरी पसंद के संभव रंग, डिज़ाइन और उनके संयोजनों का अनुमान वस्तुओं ने कर लिया था। मुझे वे सभी साड़ियाँ पसंद आईं, फिर भी मन-ही-मन मैंने उनमें से एक चुनी। देखते-ही-देखते बाक़ी स्त्रियाँ ग़ायब हो गयीं और कुल एक महिला बची, जिसकी पहनी साड़ी को मैंने पत्नी के लिए चुना था। आश्चर्यजनक रूप से उसकी क़द-काठी और आयु मेरी पत्नी से मिलती-जुलती थी। मेरे लिए उसकी एक मुश्किल क़ीमत स्क्रीन पर चमकी। मैं आगे बढ़ा तो वह स्त्री आलिंगन करने जैसा अभिनय करने लगी। तब पहली बार मैं जान सका कि वे स्त्रियाँ भी वस्तुएँ हैं। प्लास्टिक और रबर के नवीनतम संयोजन और रंग में, जिन्हें वास्तविक स्त्रियों की तरह प्रस्तुत किए जाने में लेशमात्र भी कसर नहीं छोड़ी गयी थी। अब प्रवेश-द्वार पर मिली स्त्रियों का रहस्य भी समझ में आया। ओह, मैं तो उन्हें वास्तविक स्त्रियाँ समझ बैठा था और स्वीकार करूँ कि किंचित वासनाग्रस्त हो गया था। अब समझ पा रहा हूँ कि ये सब आधुनिकतम रोबोट स्त्रियाँ थीं जो बाज़ार के अनुकूल हर तरह से विचार कर सकती थीं, विश्लेषण और निर्णय कर सकती थीं। हर एक का उसकी मातृभाषा में स्वागत कर सकती थीं। वे कृत्रिम बुद्धिमत्ता से लैस थीं। मेरे आगे बढ़ते जाने पर मुझे अनेक तरह की कम क़ीमत की, सुंदर, लुभावनी

साड़ियाँ भी प्रदर्शित की जाती रहीं। अंतत: मैंने एक साड़ी के लिए सबसे पास के चलित-बोर्ड की तरफ़ सहमति में पलकें झपकाईं। स्क्रीन ने बताया कि तीन हज़ार तीन सौ रुपए की वह (सस्ती) साड़ी मुझे अब बाज़ार से बाहर निकलते समय, निर्गम काउंटर पर मिलेगी।

बैंक खाते या क्रेडिट कार्ड से भुगतान स्वयमेव हो जाएगा। यदि खाते में पर्याप्त राशि न होगी तो आपकी वित्तीय क्षमता अनुसार ओवरड्रॉफ्ट कर दिया जाएगा। बाज़ार में प्रवेश करते समय कार्ड स्वीप करने पर अथवा जेब में रखे आपके कार्ड को स्कैन करते ही आपकी और आपके परिवार की आर्थिक हैसियत (Worth) सहित, बैंक खातों की जानकारी, पिछले वर्षों के लेन-देन का विवरण वस्तु-बाज़ार के माइंड-केबिनेट में दर्ज हो जाता है। इसके लिए उसके पास पूरा डेटा-बेस है। आप अपनी हैसियत से बाहर की किसी वस्तु की इच्छा करेंगे तो आपको उसका कोई उत्तर बाज़ार द्वारा नहीं दिया जायेगा। जैसे आप नवीनतम कार की माँग या इच्छा कीजिए, जिसका अंतर्राष्ट्रीय मूल्य एक लाख डॉलर हो तो आपको उसकी तस्वीर भी नहीं दिखाई जाएगी। यह संयोग या आपका सौभाग्य हो सकता है कि यदि आपके आसपास घूमता कोई पर्यटक या क्रेता बड़ी हैसियत का है और वह नए मॉडल की महँगी कार देख रहा है तो आप भी देख सकेंगे। लेकिन कोई-सा भी डिस्प्ले आपके लिए या आपके क़रीब की स्क्रीन पर नहीं होगा। बाज़ार आपको वही चीज़ें बताएगा, उन्हीं चीज़ों के साथ आपके सामने पेश आएगा, जो आपकी वित्तीय सामर्थ्य में हैं।

इस बाज़ार में हर घंटे में औसतन एक ख़रीददारी करना आवश्यक है। यदि आप यों ही घूम रहे हैं और कुछ नहीं ख़रीद रहे हैं तो प्रति घंटे के हिसाब से पाँच सौ रुपए आपके खाते में डेबिट हो जाएँगे। यही बाज़ार का टिकट है। किस वस्तु का ज़िक्र किया जाए जो वहाँ उपलब्ध न हो। सूई से लेकर हवाई-जहाज़ तक का मुहावरा कुछ सटीक बैठ सकता है। हालाँकि, इस मुहावरे को संशोधित करने की ज़रूरत है क्योंकि कोई वस्तु या उसका मॉडल यदि वहाँ नहीं भी होता था तो तुरंत ही वह 'इलेक्ट्रॉनिक आवागमन' पद्धति से मँगा लिया जाता था। जैसे आप किसी शहर के गलीचे या शॉल को स्क्रीन पर देखकर कमांड दीजिए, यदि वह वहाँ नहीं है तो 'परमाणु-विखण्डन और पुन:सृजन पद्धति' से वह अविलंब आपकी सेवा में प्रस्तुत कर दिया जाएगा।

यह मुमकिन नहीं था कि आप उस बाज़ार में जाएँ और बिना कुछ ख़रीदे वापस आ जाएँ। वस्तुएँ आपसे इतनी संवेदनशीलता, आत्मीयता और आग्रह के साथ पेश आती हैं कि आप उनसे अमानवीय व्यवहार कर नहीं सकते। ज़रा सोचिए, आप हैं और वस्तुएँ हैं। आपके-उनके बीच में भी सिर्फ़ वस्तुएँ हैं। धड़कती हुई, आपको स्पर्श करती हुई, शालीनता से आपके जीवन में, अपने थोड़े-से दख़ल की याचना करती हुई और बताती हुई कि वे किस तरह आपके काम आएँगी और अपने मूल्य से भी अधिक आपको चुकता करेंगी। वे आपके भविष्य में झाँकती हैं और बताती हैं कि छ: महीने बाद या दो साल बाद आपको उनकी ज़रूरत लगने वाली है। आप उन्हें अभी ले जाइए अन्यथा ऑर्डर दे दीजिए ताकि वे चार माह बाद या एक साल बाद आपको डिलीवर की जा सकें। आज की क़ीमत पर। वे आपके लिए चिंतित दिखती हैं। वे आपको केवल मनुष्यों के सहारे नहीं छोड़ देना चाहतीं और बताती हैं कि वक़्त पड़ने पर वस्तुएँ ही मनुष्य के लिए सच्चा सहारा दे सकती हैं। उनका व्यवहार और आपके प्रति उनकी सजगता आपको प्रभावित करेगी। आप उनसे पूरी तरह सहमत नहीं होते हैं तब भी वे निराश नहीं होती हैं और आपको इतिहास के गर्भ से, दूसरे लोगों के अनुभवों से उपजे कुछ सामयिक उदाहरण विनम्रता से पेश करती हैं कि बाज़ार और वस्तुएँ मनुष्य के विकसित होने के लिए किस क़दर अनिवार्य हैं। वे आपके अकेलेपन, आपकी उदासी, आपके अवसाद और अकिंचन-बोध को ख़त्म करने के लिए लगातार प्रस्तुत हैं। उनके इस प्रयास को आप महज़ वस्तुगत या अमानवीय नहीं समझ सकते। वे जीवंत हैं और आपसे एक तरह का स्पंदित, जैविक संबंध बना लेना चाहती हैं। आप चलते हुए थकेंगे नहीं क्योंकि सब तरफ़ स्वचालित ऐलीवेटर-चेयर्स हैं, सीढ़ियाँ हैं। पगडंडियाँ हैं। आपके क़दमानुसार मुड़नेवाली, घूमनेवाली, आगे-पीछे होनेवाली और आपकी मनचाही चाल और गति से चलनेवाली।

जिन लोगों ने यह बाज़ार नहीं देखा है, वे कुछ पिछड़े और अविकसित कहे जा सकते हैं। या वंचित। और जो देखकर भी देखना नहीं चाहते उन्हें भला कौन दिखा सकता है। और क्या दिखा सकता है।

जीवितों के पिरामिड

अक्षांश: 28.38 उत्तर और देशान्तर: 77.12 पूर्व।

यह शहर 'जीवितों के पिरामिड' के रूप में विख्यात है और आप शायद जानते ही होंगे कि माने हुए संसार के आश्चर्यों में इसका विशेष स्थान है। इन पिरामिडों के निर्माण के पीछे किसी एक व्यक्ति का हाथ नहीं है बल्कि वक़्त के साथ-साथ पिछली शताब्दी में क्रमश: ये पिरामिड बनते चले गए। आख़िर पूरा शहर पिरामिडों से भर गया। इस आश्चर्यजनक शहर को देखने का बेहतर तरीक़ा है कि आप यहाँ हफ़्ता भर तफ़रीह करते हुए गुज़ारिए। धीरे-धीरे पिरामिडों का रहस्य और जादू खुलता चला जाएगा। जैसा किसी शायर का कहना है कि जो जितना खुलेगा, वह उतना ही खिलेगा। इस शहर का मज़ा भी ऐसा ही है। धीरज, उत्सुकता और वास्तुकला में दिलचस्पी—ये तीन चीज़ें इस शहर का आनंद लेने के लिये न्यूनतम अर्हताएँ हैं।

यह एक प्राचीन ऐतिहासिक नगर है। पुरातत्ववेत्ताओं, स्थापत्य के अध्येताओं, इतिहासकारों और नृतत्वशास्त्रियों के लिए यह जीवित-पुस्तक की तरह खुला हुआ है। जैसे कुछ नगर चर्चों, मंदिरों, मस्जिदों, पैगोडाओं और स्तूपों से भरते चले जाते हैं, उसी तरह यह शहर एक विलक्षण, धीमी किंतु सुनिश्चित प्रक्रिया के चलते पिरामिडों से गुम्फित हो गया। बीसवीं सदी के अंत तक आते-आते आख़िर इसे संसार के महानतम आश्चर्यों में दर्जा देना पड़ा। चूँकि अब यह प्रख्यात शहर है, राजधानी भी है इसलिए संसार की सभी प्रमुख जगहों से जल-थल-नभ के मार्गों से जुड़ा हुआ है। अत्यंत सुगमता से यहाँ पहुँचा जा सकता है। कहा तो यहाँ तक जाता है कि आप इस देश में, किसी भी दिशा से यात्रा प्रारंभ कीजिए, यह शहर रास्ते में आ जाएगा।

शुरुआती पिरामिड, शहर की परिधि की तरफ़ बने थे। दो पिरामिड ऐसे हैं जिन पर आज तक विवाद है कि इनमें से शहर का सबसे पहला पिरामिड कौन-सा है। अनेक विद्वान सहमत हैं कि वह घर ही पहला पिरामिड था जिसे एक जटाजूटधारी आदमी ने अपने अज्ञातवास के लिए प्रयुक्त किया। उसका पूरा परिवार, मोहल्ला, गाँव यहाँ तक कि पुलिस भी उसे खोजती रही। अंतत: उसे गुमशुदा मान लिया गया लेकिन वह चुपचाप, बाईस साल इस पिरामिड में रहा। प्रारंभ के दस बरस में यहीं उसने योग विद्या सीखी, ध्यान में विशेष

योग्यता प्राप्त की, अपनी तरह के ध्यान-केंद्र को विकसित किया और अंत में यकायक प्रकट होकर बारह-तेरह साल तक सात प्रधानमंत्रियों का सलाहकार नियुक्त हुआ। यह क़रीब एक हज़ार बरस पुरानी बात है। इस पिरामिड को 'शक्ति केंद्र' कहा गया। अध्यात्म और राजनीति, दोनों दृष्टियों से सहमत हुआ जा सकता है कि इसका नामकरण शक्ति केंद्र ठीक ही किया गया। बाद में कुछ दिनों तक तत्कालीन सरकार की नासमझी की बदौलत, इस पिरामिड को बंदीगृह बना दिया गया था। कई महत्त्वपूर्ण राजनैतिक व्यक्तियों और बुद्धिजीवियों को यहाँ नज़रबंद रखा गया। लेकिन देखा गया कि वे नज़रबंदी के दौरान अधिक स्वस्थ, ऊर्जस्वित एवं प्रसन्नचित्त हो उठते थे, तब इस घर की तरफ़ विशेष ध्यान गया और पता चला कि यह घर तो अंदर से पिरामिड है।

फिर ज्यामिति विशेषज्ञों ने सिद्ध कर दिया कि इस घर की संरचना पिरामिडीय होने के कारण चुंबकीय प्रभावयुक्त है, जिसका सकारात्मक प्रभाव मनुष्य के मनो-मस्तिष्क पर पड़ता है। पृथ्वी के चुंबक की अधिकतम ऊर्जा, यहाँ कोण-विशेष के कारण केंद्रित होती है। सूर्य के प्रकाश और हवा की आवाजाही का इतना ध्यान रखा गया था कि आज भी वैज्ञानिक दाँतों तले उँगलियाँ दबाने को विवश हैं। ध्यान-कक्ष में सूर्योदय के बाद डेढ़-दो घंटे के लिए धूप आती है और पूरा कक्ष प्रातः-रश्मियों से आह्लादित हो उठता है। उत्तराभिमुख ईंटों की चौकी पर चुंबकीय प्रभाव का जैसे कोई पुंज एकत्र है। वरुण-कक्ष की इस चौकी पर जल का पात्र रात्रिपर्यंत रख देने से वह चुंबकीय असर ग्रहण कर लेता है। इस जल के सेवन से असाध्य रोगों की चिकित्सा सदियों से की जाती रही है। पिरामिड के बाहर परिसर में इस पवित्र और चमत्कारी जल की बिक्री हेतु सरकारी मान्यता प्राप्त दुकानें भी खुली हैं। प्रतिदिन हज़ारों-लाखों लोग यह चमत्कारी-जल ख़रीदते हैं। स्पीड-पोस्ट, कूरियर्स, एअर मेल के ज़रिए भी यह जल संसार के कोने-कोने में जाता है। वरुण-कक्ष में विशाल ताँबे के जल-पात्रों को सरकारी विभाग की देखरेख में रखा और निकाला जाता है। इस मद से प्राप्त आय, 'पिरामिड संरक्षण कोष' में जमा की जाती है। इस पिरामिड में सप्ताह भर का निवास, मनुष्य को नव-यौवन प्रदान करने में समर्थ रहा है। किंतु अब यह कक्ष एक दर्शनीय, सांस्कृतिक और ऐतिहासिक धरोहर है। इसे देखा जा सकता है मगर इसका

उपयोग वर्जित है। यह अब विरासत है।

इसे सबसे पहला पिरामिड मानने को लेकर विवाद इसलिए है क्योंकि कुछ दूसरे वैज्ञानिक शहर के बीचोबीच बने विशालतम भवन को पहला पिरामिड मानते हैं। जिसका निर्माण ज़ोर-शोर से हुआ था लेकिन तब इसे पिरामिड के रूप में प्रचारित नहीं किया गया था। क्योंकि देश में राजकोषीय घाटा, ग़रीबी, महँगाई, और विद्रोह-भावना इतनी अधिक थी कि इसके निर्माण पर होनेवाले व्यय का औचित्य बताना मुमकिन नहीं था। गोपनीय तरीक़े से इसे बनाया गया। पहले बाहरी हिस्से में एक गोलाकार बाउंड्री और गलियारा निर्मित किया ताकि इनकी ओट में भीतर चल रहे पिरामिड निर्माण के काम को आमजन की निगाह से दूर रखकर जारी रखा जा सके। यह एक विशिष्ट पिरामिड था जहाँ सत्ताधीशों द्वारा, अपने उपयोग के लिए पूरे देश की ऊर्जा केंद्रित करने की योजना थी। ऊर्जा केंद्रित होगी तो धन-संपत्ति भी केंद्रित होगी। इसलिए जन-सामान्य को इसके 'पिरामिड' होने की सूचना देना उचित नहीं था। वैज्ञानिक बताते हैं कि 'शक्ति-केंद्र' समझे जानेवाले उस पहले पिरामिड की तुलना में, यहाँ हज़ार गुना अधिक चुंबकीय प्रभाव है। लेकिन तमाम सावधानियों के बावजूद इसकी संरचना में वास्तु-दोष आ गए, फलस्वरूप कुछ हानिकारक क्षेत्र बन गए। जिनका अंदाज़ा कुछ घटनाओं से बाद में धीरे-धीरे हुआ।

बाहर से गोलाकार दिखने वाले इस भवन का भीतरी हिस्सा पिरामिडीय है। एक विशाल केंद्रीय कक्ष के अलावा 100 अन्य कक्ष हैं। दो शताब्दी पहले तक देश की सत्ता का वास्तविक केंद्र यही था। इसमें हर किसी को प्रवेश की इजाज़त नहीं दी थी। सर्वसम्मति से तय किया गया था कि एक निश्चित चयन-प्रक्रिया के बाद ही यहाँ लोग बैठ सकेंगे। वर्षों तक ऐसा होता रहा और जीवित, ऊर्जस्वित, सक्रिय, महत्त्वाकांक्षी, चयनित व्यक्ति यहाँ आकर बैठते रहे। बहसों के बीच निर्णय लिए जाते रहे। केंद्रीय कक्ष में नवीनतम विचारों के प्रस्फुटित होने में, पिरामिड की चुंबकीय शक्ति सहायक हो जाती थी। लेकिन एक शताब्दी बीत जाने के बाद, विश्लेषण से पता चला कि कुछ क्षेत्रों में चुंबकीय धाराएँ विपरीत प्रभाव डालती थीं, इसलिए अनेक विध्वसंक विचारों के जन्म का उत्तरदायी भी इसी पिरामिड को माना गया। तब कुछ

अलग सत्ता शक्ति-केंद्र बनाये गए और इसे एक राष्ट्रीय धरोहर के रूप में संरक्षित कर दिया गया। 'जीवितों के पिरामिड'—यह नाम इस मुख्य भवन के कारण प्रचलित और लोकप्रिय हुआ। इसमें जीवित लोग भी अपने कुल चरित्र में, 'ममियों' की तरह व्यवहार करते थे।

धीरे-धीरे इन पिरामिडों को महत्त्वपूर्ण संरचनाओं के रूप में स्वीकार्यता मिलती चली गई। शासकीय स्तर पर मान्यता मिलने, मीडिया द्वारा प्रचारित होने और वैज्ञानिकों के समर्थन से जनता के बीच ये लोकप्रिय और दर्शनीय होते गए। शहर की अवस्थिति, यहाँ की मिट्टी, स्थानीय ईंट-पत्थर आदि की कुछ विशेषताएँ थीं कि ये संरचनाएँ यहीं, इसी शहर में सर्वाधिक प्रभावी रूप में काम करती थीं। उस समय पिरामिड बना सकने वाले कारीगरों, इंजीनियरों, शिल्पकारों के विशेषज्ञ दल भी यहीं केंद्रित होते गए। अकारण नहीं कि संसार का पहला 'टेक्नीकल इंस्टीट्यूट ऑव पिरामिड साइंस' (TIPS) यहीं खुला और अब तो वह तीन सौ एकड़ में फैल चुका है।

उस वक्त अनेक शासकीय संस्थान, 'जीवितों के पिरामिड' के वास्तु सिद्धांत पर ही बनाए गए। लोगों ने अपने घरों एवं व्यवसाय स्थलों का कम-से-कम एक कक्ष या एक कोना पिरामिड की तरह बनाया। इससे उनके काम करने की जगहों और घर में चुंबकीय-प्रभाव की एकरूपता मिलने लगी। ऐसे घर और दुकानें आप आज भी यहाँ देख सकते हैं जो ऊपरी तौर पर सामान्य निर्माण का अहसास देंगे लेकिन वस्तुत: वे पिरामिडीय हैं। वहाँ यदि कुछ दिन बिताएँ तो आध्यात्मिक अनुभव हो सकते हैं और आप इस लौकिक जगत की समस्याओं, दैनिक तनाव और आपाधापी की वेदना से 'मुक्ति के अनुभव' को सहज ही पा सकते हैं।

आज भी इन पिरामिडों में समय गुज़ारकर महसूस किया जा सकता है कि भूख, प्यास, ईर्ष्या, चिंता और भय से आपको छुटकारा मिलता जा रहा है। इसलिए पिछले ज़माने में अध्यात्म की विशाल धारा के बरअक्स, जीवन की दैनिक समस्याओं की व्यर्थता को, इन पिरामिडों में गोष्ठियाँ करते हुए, सहज ही समझा और विश्लेषित किया जा सका। ग़रीबी, अशिक्षा, जनसंख्या, अन्याय, बेरोज़गारी, असमानता पर भी बार-बार पिरामिडों के भीतर विमर्श हुआ और निष्कर्ष निकाला गया कि ये चीज़ें तो समाज में बनी रहती हैं। ये

समाज के अपरिहार्य अवयव हैं और इनके बारे में फ़िक्र की कोई ज़रूरत नहीं है। देश के अन्य शहरों-क़स्बों-गाँवों से लोग अपनी मुश्किलों में जुलूस बनाकर, आंदोलन करते हुए यहाँ पहुँचते थे तो तुरंत ही शहर के नियंता और बुद्धिजीवी महत्त्वपूर्ण पिरामिडों में बैठ जाते। यद्यपि ऐसे कोई निर्णय ज्ञात नहीं हैं, जिनसे लोगों की कठिनाइयों का सचमुच हल निकला हो। लेकिन आक्रोशित, पीड़ित और आंदोलित लोगों को पिरामिडीय महापुरुष हमेशा ही कुछ ऐसे नैतिक वाक्य, पराभौतिक बिंदु और साधना के उपाय बताते थे कि उन्हें व्यामोह से निकलने में मदद मिलती। जब भी बेचैनी, घबराहट, अवसादग्रस्त और संघर्षपूर्ण मन:स्थिति होती, लोग पिरामिड की शरण लेते और उन्हें महसूस होता कि धीरे-धीरे इन लौकिक रोगों और अनावश्यक चुनौतियों से छुटकारा मिल रहा है। आशा की नयी ज्योति उनमें जग जाती। दिनचर्या में भी सामान्य जनता एक पिरामिड से बाहर निकलती और दूसरे पिरामिड में प्रवेश कर जाती। शहर के लोग यदि अपने अंतिम समय में किसी दूसरे शहर में होते तो उनकी बस एक ही इच्छा रहती कि कैसे भी, वे अपने शहर के गृह-पिरामिड में पहुँच जाएँ ताकि उन्हें शांति से मृत्यु प्राप्त हो सके। पिरामिड उनके मुमुक्षु भवन भी थे।

मैंने इस शहर में दो सप्ताह बिताए। अनेक पुराने अनाज भंडारण-गृहों को सराय में बदल दिया गया है, जो सस्ती दर पर रात बिताने के लिए उपयुक्त हैं। सुविधाजीवी वर्ग के लिए क़रीब चालीस पिरामिडीय इमारतें भी होटलों में बदल दी गई हैं। प्रथम माने जानेवाले इन दो पिरामिडों के अलावा, मुझ पर जिन कुछ दूसरे पिरामिडों ने अविस्मरणीय छाप छोड़ी, उनमें से 'विश्वविद्यालय पिरामिड' का ज़िक्र ज़रूरी है। विशाल परिसर के इस विश्वविद्यालय में अलग-अलग संकायों के लिए तीन सौ चालीस कक्ष हैं। विद्यार्थियों के सत्तर छात्रावासों को भी पिरामिड-ज्यामिति के आधार पर बनाया गया था। इस विश्वविद्यालय में प्रवेश पाना बड़े सम्मान और योग्यता की बात थी। विद्यार्थियों का मस्तिष्क अध्ययन के साथ उत्तरोत्तर असीम शांति को प्राप्त होता था। पहले की तरह नहीं कि हर बात में अपना आंदोलन लेकर बैठ जाएँ। यहाँ पढ़ाई का अर्थ और उद्देश्य था कि विद्यार्थी की जिज्ञासा हमेशा के लिए शांत हो जाए और उत्तर-विद्यार्थी जीवन में वे संयमित, सच्चरित्र, गंभीर व्यक्तियों की तरह प्रवेश

कर सकें। आस्थावान बनें, ईश्वर में विश्वास करें और सम्राट को ईश्वर का दूत समझें। परंपरा, जातीय और आत्म गौरव के मूल्यों को समझें। प्राकृतिक वातावरण में निर्मित यह विश्वविद्यालय हमें हमारे पूर्वजों के आचरण एवं जीवन पद्धति की सूचनाएँ देने में सक्षम है।

'विमर्श कक्ष' देखना भी उत्तेजक अनुभव रहा।

यह प्रकाश, ध्वनि और वायु अनुकूलित है। इसमें छोटे-बड़े आकार के पाँच सभागार हैं। प्रत्येक सभागार में लगभग पाँच सौ से लेकर दो हज़ार लोग आसानी से बैठ सकते हैं। बत्तीस कक्ष और हैं। हर कक्ष में चालीस-पचास व्यक्ति अपनी विमर्श-गोष्ठियाँ कर सकते थे। यहाँ आधे घंटे में ही उत्तेजित दिमाग़ शांत हो जाते थे और मानवीय दुर्बलताओं, महत्त्वाकांक्षाओं, कल्पनाओं और स्वप्नशीलताओं की पोल खुलने लगती थी। इस पिरामिड ने नये बुद्धिजीवियों की प्रजाति के विकास में अप्रतिम योगदान दिया। हालाँकि इसका एक हिस्सा, युद्ध में दूसरे देश द्वारा नष्ट कर दिया गया किंतु आज भी यह दर्शनीय, मोहक और अद्भुत है। मैंने ख़ुद इस पिरामिड के मुख्य कक्ष में बैठकर आनंद, तरलता और भारहीनता का अनुभव किया। जैसे मेरे विचारों में मच रही उथल-पुथल शांत हो रही हो। ऐसे अनुभव अन्य पिरामिड कक्षों में कुछ समय गुज़ारने के बाद भी हुए। मेरी व्यक्तिगत राय है कि हर पर्यटक को यह शहर अवश्य अपनी पर्यटन-सूची में रखना चाहिए। यद्यपि अनेक पर्यटक इस शहर को देखकर निराश होते रहे हैं कि जीवित मुर्दाघरों को क्या देखना!

इस शहर भ्रमण के बाद मैं कई महीनों तक ट्रांस में रहा। इतने बड़े ज्ञान, धरोहर और वास्तुकला का कोई अन्य शहर उत्तराधिकारी नहीं बना। इसकी परंपरा नहीं बनी। या इसे यों ही उपेक्षित छोड़ दिया गया। संसार के आश्चर्यों में शामिल करने भर से क्या होता है। केवल पर्यटकीय आय! हालाँकि इन पिरामिडों के ख़िलाफ़ भी कुछ लोग सक्रिय हैं, जो लगातार अपनी ढपली बजाते रहते हैं। उससे एक राग यह भी निकलता है कि ये पिरामिड मनुष्य की जाग्रत चेतना को, उसकी स्वतंत्रता, उसकी सर्जनात्मक अराजकता, उसके आवश्यक अटपटेपन को, संघर्षक्षमता और उसके नवोन्मेष को ख़त्म करते हैं और एक तरह से उसे यथास्थितिवादी बनाते हैं। उसे किसी शांतचित्त केंचुए में बदल देते हैं।

लेकिन आप ही बताएँ पिरामिड जैसी तकनीक और जीवित-मनुष्यों के लिए उसकी उपादेयता को भला कैसे कम करके आँका जा सकता है? ज़्यादा सोचने पर मेरा तो दिमाग़ झनझनाता है।

यों भी तमाम आश्चर्य देखने, अनुभव करने और इस जीवन का हिस्सा हो जाने के लिए होते हैं। अन्य कोई भी प्रविधि अभी तक तो ईजाद नहीं हो सकी है जो उस सीमा तक आपको आश्चर्यलोक का आनंद दे जो ख़ुद की हिस्सेदारी और इंद्रियबोध से संभव है। अनौपचारिक आश्चर्य की श्रेणी में होते हुए भी मुझे यह आश्चर्य, दूसरे औपचारिक आश्चर्यों की तुलना में कुछ अलग और विस्मयकारी प्रतीत हुआ। या कहूँ कि उच्च सभ्यता की दुनिया ही कुछ इस तरह के आश्चर्य पैदा कर सकती है। मुझे यह सब देखे हुए बीस साल बीत गए। अब वहाँ क्या कहानी हो गई होगी और आश्चर्य का स्तर कितना ऊँचा उठ गया होगा, कहना मुश्किल है। आशा करता हूँ कि कोई नया पर्यटक, जो कहानियों से किसी आश्चर्य की तरह प्यार करता है, वह आपको जल्दी ही कुछ लिखकर आगे बताएगा।

(2005)

मंदिर चौराहा

(एक)

मंदिर चौराहे के पास जब क्वार्टर आबंटित हुआ तो पूरा घर प्रसन्नता से भर गया। शहर के बीचोबीच की इस जगह से मेरा दफ़्तर, बेटे की कोचिंग क्लास, और फुटकर बाज़ार काफ़ी पास में थे। बिलकुल लगे हुए मकान में 'ब्यूटी पॉर्लर' का बोर्ड देखकर पत्नी के मुँह से आनंदातिरेक में चीख़ निकल गई। आटा चक्की और हेयर कटिंग की दुकान भी एक फलाँग दूरी पर थीं। बग़ल में एक मोची भी सुबह नौ बजे से शाम छ: बजे तक, डंडे के सहारे ऊँची छतरी लगाकर बैठता था। इससे मुझे भी आश्वस्ति हुई।

आठ-दस दिन में महसूस हो गया कि शहर के केन्द्र में रहने के और भी फ़ायदे हैं। सड़क पार करते ही हलवाई की दुकान थी, जिस पर रोज़ सुबह सात बजे से जलेबियाँ बनती थीं। देर रात तक खुलनेवाला मेडिकल स्टोर भी क़रीब था। रात-बिरात सिरदर्द, एसिडिटी की दवा, ईसबगोल और कण्डोम आदि आसानी से ख़रीदे जा सकते थे। सिटी बस, मिनी बस सौ-सवा सौ क़दमों की दूरी पर रुकती थीं। किसी सज्जन आदमी को दिनचर्या में इससे ज़्यादा और क्या चाहिए।

हमसे पहले इस घर में रहनेवाले लोग दो पेड़ लगा गए थे। एक नीम, दूसरा गुलमोहर। वे क़रीब पंद्रह साल इसमें रहे थे। अब पेड़ों की छाँह और पर्यावरण सुख मुझे सपरिवार मिल रहा था। रोज़ दातौन भी की जा सकती थी। हालाँकि इधर दातौन करना कुछ कुरुचिपूर्ण क्रियाओं में गिना जाने लगा था। फिर भी। हमारा अपना सौंदर्यबोध था।

अप्रैल में हम इसमें रहने आए। तब शादी-ब्याह की लग्न के हिसाब से कुछ कम मुहूर्त थे। लेकिन मई-जून में विवाहों की भरमार थी। चौराहे पर ही,

हमारे क्वार्टर के, दस बारह मकानों-दुकानों के बाद माताजी का मंदिर था। जहाँ दूल्हा-दुल्हन विवाह के बाद तुरंत माथा टेकने आते थे। अपनी-अपनी हैसियत के गाजे-बाजे के साथ। हमने अनेक तरह के दूल्हा-दुल्हन देखे। हर आयुवर्ग के। अनेक तरह के वाद्ययंत्र। ढपले, ढोलक से लेकर बाक़ायदा पूरा बैण्ड और डी जे। लेकिन कुछ ही दिनों में हम इस सबसे उदासीन होने लगे। रोज़-रोज़ लगभग एक सा दृश्य, एक सा आनंद और एक से औपचारिक, और क्षमा करें, बेसुरे, कर्कश संगीत से कोई आनंदित नहीं हो सकता।

पत्नी भी, जो दूल्हा-दुल्हन देखने के लिए ग़ज़ब की लालायित रहती थी और कुकर को सीटी मारता छोड़कर बाहर लपकती थी, अब बैण्डबाजों की आवाज़ से अंसपृक्त हो चली थी। पूरे शहर के लोग इन्हीं देवी माँ के चरणों में अपने चिरंजीवियों, सौभाग्यकांक्षिणियों को सिर नवाने के लिए लाते थे। इस तरह शुरू-शुरू में हमने देखा-सुना और फिर केवल सुना कि सुबह सात बजे से लेकर रात ग्यारह बजे तक, धूप में, तारों के प्रकाश में या हलकी बारिश में भी वर-वधुओं के जत्थे चले आते थे। अनेक जत्थों के साथ महिलाएँ कलश सिर पर रखे वृंदगान करती थीं। जो विचित्र तरह से एक साथ आकर्षित और विकर्षित करती थीं।

(दो)

प्रारंभ का कौतुक और आनंद अब हमारे लिए एक तरह के शोर में तब्दील होने लगा था। एक दिन बेटे ने कहा, ''पापा, यहाँ हमेशा बाजे बजते रहते हैं। मुझे पढ़ाई करने में परेशानी होती है।''

''यह कोई ख़ास बात नहीं। थोड़ा शोरगुल सब जगहों पर होता है। पढ़नेवाले हर हाल में पढ़ लेते हैं। जैसे-तैसे यह इतनी अच्छी लोकेशन का क्वार्टर मिला है।''

फिर पत्नी कहने लगी। ''इस शोर से मेरा माइग्रेन शुरू हो जाता है। दिन भर यह भड़-भड़ और टुन-टुन।'' कहते हुए उसने बैण्ड पर बजनेवाले एक लोकप्रिय फूहड़ गाने को अपने मुँह से तंतुवाद्य की तरह बजाकर, बताने की बेसुरी कोशिश की।

''तो मैं क्या करूँ?'' आख़िर यह कभी ख़ुश और संतुष्ट क्यों नहीं

रह सकती।

''कुछ नहीं। कुछ मत करो। मैं तो यों ही बके जा रही हूँ।'' उसने सिर पर दुपट्टे को पट्टे की तरह कसते हुए कहा। अब वह ख़ुद देवी की तरह दिखने लगी।

शोरग़ुल का अनुभव मुझे भी होता था। मगर यह बेहतरीन क्वार्टर। शहर के बीचोबीच। यदि सरकार इसे बेचने पर आए तो केवल इसकी ज़मीन की क़ीमत ही एकाध करोड़ की होगी। यह क्वार्टर तो मैं कभी नहीं छोड़ूँगा। मर जाऊँगा, तब भी नहीं। भूत बनकर इसी नीम के पेड़ पर रहूँगा। ज़्यादा कड़वाहट हुई तो गुलमोहर पर लटक जाऊँगा। रोज़ नीम की दातौन किया करूँगा। भूत कुछ भी कर सकता है।

लग्नों का मौसम समाप्त हो गया था लेकिन अब भी एक-दो दिन में बैण्ड की, स्त्रियों के गाने की आवाज़ें सुनाई देतीं। पता चला कि पिछले कुछ वर्षों में, माताजी के मंदिर के विशाल परिसर में और अनेक देवों की मूर्तियाँ स्थापित कर दी गई थीं। रमापति विष्णु की। राम-सीता की। राधा-कृष्ण की। उधर भगवान जगन्नाथ की। एक बड़े आकार का शिवलिंग। और एक कोने में हनुमान जी की छोटी-सी मढ़िया। दरअसल, मंदिर में दर्शनार्थियों का इतना मेला रहता था कि जनता ने माँग उठाई कि इस परिसर में ही दूसरे प्रमुख आराध्य देवों की स्थापना कर दी जाए ताकि एक ही जगह सबकी आराधना हो सके। जिस भक्त को जिस देवता की अभ्यर्थना करनी हो, वह करे। इधर-उधर भटकना न पड़े। यह केन्द्रीय जगह थी और जनता के लिए इस केन्द्र को ईश्वर-संकुल बनाने से सबको सुविधा हो सकती थी। इस तरह, धीरे-धीरे यह अनेक देवों का एक छोटा सा परिसर हो गया था। धर्मप्राण केंद्र। इस तरह वैवाहिक मुहूर्तों के अलावा भी यह मंदिर आस्तिकों, भक्तों, श्रद्धालुओं की दिनचर्या में शामिल हो चुका था।

मंदिर का अपना आधुनिक साउंड सिस्टम था। मुराद पूरी होने पर, तीर्थयात्राओं से लौटने पर, जन्मोत्सव पर, मुक़दमा या चुनाव जीतने पर या प्रमोशन होने, नौकरी में बहाल होने, तबादला रुक जाने, रिश्वत की जाँच में बरी होने पर अपने आराध्य के प्रति कृतज्ञता ज्ञापन और आभार प्रदर्शन के लिए भी यहाँ परिसर में भजन-कीर्तन और प्रसाद वितरण के आयोजन

कराए जाते थे। इस तरह लगभग पूरे साल जनतांत्रिक आस्थामूलक भक्ति की अभिव्यक्ति होती रहती थी। कई बार लगता कि यह वास्तव में कलियुग है क्योंकि बेचारा गज पुकारे जा रहा है, ध्वनि विस्तारक यंत्र पर ज़ोर लगाकर मगर विष्णु भगवान हैं कि आ ही नहीं रहे। उन्होंने गजरूपी भक्त को अपनी दशा में जीने-मरने-चिल्लाने के लिए छोड़ दिया है। लगता है वह कातर और हार्दिक पुकार नहीं लगा सका है अन्यथा भक्त की पुकार कभी अनसुनी नहीं जाती। यहाँ यह संज्ञान भी होता था कि पूरी जनता किन-किन मुश्किलों में घिरी हुई है। या यह कि तमाम मुश्किलों के बावजूद उसके मन में असीम श्रद्धा बची है। इसीलिए यह धरती रसातल में नहीं जा रही है। लेकिन जैसे ही नवदुर्गा उत्सव आया, हमें लगा कि हे भगवान, अब क्या होगा। नौ दिन। सुबह चार बजे से रात बारह बजे तक असमाप्य शोरग़ुल। मानो दिन-रात का भेद मिट गया है। फ़िल्मी गानों की धुनों पर बनाए गए भजन। आरतियाँ। घंटध्वनियाँ। शंखनाद। तरह-तरह के रीमिक्स।

(तीन)

आख़िर मैंने अपने पड़ोसी अग्रवाल जी, जो आबकारी विभाग में हैं, से कहा—

"अग्रवाल साहब, देखिए तो, कितना शोर होता है। दिन-रात ये आवाज़ें। और यह संगीत, यदि इसे संगीत कहा जाए तो।"

"लगता है आप कुछ नकारात्मक ढंग से सोच रहे हैं। यह शोर नहीं है, अमृतवर्षा है। मंदिर के पास रहने से कितने मंत्र और ध्वनियाँ और कितना भक्तिरस हमारे कानों तक पहुँचता है। जीवन धन्य हो जाता है। यहाँ से दूर रहनेवाले लोग तो तरस जाते हैं। आपके मन में ही कुछ अशांति है। ज़रा सकारात्मक होकर आनंद लेना शुरू कीजिए।" अग्रवाल साहब ने मधुर स्वर में धीरे-धीरे विभोर होते हुए समझाइश दी।

"कोई बीमार हो तब कैसे आनंद ले? मेरी पत्नी को माइग्रेन है। और बेटा 'केट' की तैयारी कर रहा है। कोचिंग के बाद उसे सात-आठ घंटे घर में भी पढ़ना पड़ता है।"

"ईश्वर का नाम उनके कानों में चला जाता है, इससे ज़्यादा अच्छा क्या हो सकता है? यदि कुछ बुरा-भला हो भी जाए तो तय मानिए सीधे स्वर्ग में

स्थान मिलेगा। परीक्षाओं में ईश्वर सहायता करता है। आप देखना आपका बेटा माताजी की कृपा से ज़रूर अव्वल आएगा। आपको ज़्यादा तकलीफ़ होती हो तो शाम को दो पैग लगा सकते हैं। मेरा विभाग आपकी सेवा में है।'' उन्होंने मुस्कराकर मगन होते हुए आँखें बंद कर लीं। मैं समझ गया कि इनसे कुछ कहना-सुनना बेकार है।

हम लोग घर में बातचीत भी नहीं कर पा रहे थे। कानों में रूई लगाने से भी बात नहीं बनती थी। रेडियो सुनना और टैलिविज़न देखना मुहाल था। ऐसे कठिन दिनों में अख़बार में ख़बर छपी कि ध्वनि प्रदूषण के ख़िलाफ़ शिकायत इन नम्बरों पर दर्ज की जा सकती है। मैंने तुरंत अपने इलाक़े के थाने का नम्बर मिलाया। उधर इंस्पेक्टर कोई ख़ान साहब थे। अपनी शिकायत नोट कराई। उन्होंने मेरा नाम और क्वार्टर नम्बर पूछा। मैंने कहा कि मैं नामज़द शिकायत नहीं करना चाहता। आप जानते हैं कि कितने धर्मप्राण दल और संगठन चारों तरफ़ हैं। मैं एक असहाय, बेचारा और पीड़ित घर-परिवारवाला आदमी हूँ। आप एक नागरिक की तरफ़ से शिकायत ले लीजिए और हो सके तो ज़रूर कार्रवाई कीजिए। कम-से-कम रात में ये भौंपू बंद करा दीजिए। चैन से सो तो सकें।

''हालाँकि आप बेनामी शिकायत कर रहे हैं फिर भी कोशिश करेंगे।''

''कोशिश। अख़बार में लिखा है कि नगर निगम और प्रशासन ने तय किया है कि ध्वनि विस्तारक यंत्रों को ज़ब्त कर लिया जाएगा।''

''मंदिर के लाउड स्पीकर कौन ज़ब्त कर सकता है।'' ख़ान खिलखिलाया।

फिर कुछ गंभीर होकर बोला—''आप मेरी मुश्किल भी समझिए। मैं संयोग से मुसलमान हूँ। और आप तो समझते ही होंगे कि ये राजनैतिक...।''

''अरे साहब, आप पहले अधिकारी हैं। पुलिस हैं।'' मैंने बात को बीच में काटा जैसे किसी चाकू से काटा।

''लगता है आप एन.आर.आई. हैं।'' उधर से चिढ़कर फ़ोन रख दिया गया।

मुझे ग़ुस्सा आ गया। मैं उठकर थाने चला गया। वहाँ ख़ान साहब नहीं मिले। मैंने उपलब्ध हवलदार साहब को समस्या बतायी। उन्होंने बरामदानुमा

कमरे के एक कोने की तरफ़ इशारा करके कहा, ''वह ख़ान साहब के स्टाफ़ की टेबल है। वहाँ श्रीमती रजनी सब-इंस्पेक्टर बैठती हैं। मगर अभी वे खाना खाने गई हैं। दो घंटे बाद उनसे मिल लेना।''

लेकिन मैं हवलदार को ही पूरी कथा सुनाने लगा। ख़ान साहब से फ़ोन पर हुए संवाद का संक्षेप भी मैंने उन्हें सुनाया। हवलदार बुज़ुर्ग थे और रिटायरमेंट से ठीक पहले छलक सकनेवाली कुछ दुर्लभ उदारता और हार्दिकता उनकी आँखों से झलकती थी। उन्होंने जो समझाया उसका सार यह था कि गाँव-गाँव, सभी क़स्बों-शहरों में यही सब होता है। भक्ति प्रधान समाज है। भारत-भारती। भारत की आरती। आपको इसी में रहने की आदत डालनी है। ज़्यादा परेशानी लगे तो इन नौ-दस दिनों में कहीं घूमने-फिरने चले जाया करें। और सुनिए, रजनी मैडम से भी कुछ हो नहीं सकता। उनकी बड़ी बहन के सिर में ख़ुद माताजी आती हैं। इसी मंदिर में पूरे नौ दिनों तक रात दस से बारह बजे तक। आप इस मामले को यहीं छोड़ दें। वरना हो सकता है रजनी मैडम आप पर ही कोई धारा लगा दें।

मेरा मन हुआ कि रात दस बजे मंदिर पहुँचकर मैं रजनी की दीदी के सामने खड़ा हो जाऊँ और जब वे सिर में माता आने की वजह से खुले बालों में झूम रही हों तब उनसे गुहार लगाऊँ कि हे माँ! मुझे इस कोलाहल से बचाओ। इस महान अव्यावहारिक विचार को बिलोता हुआ मैं घर लौट आया और अपने म्यूज़िक सिस्टम पर बेग़म अख़्तर की ग़ज़ल तेज़ आवाज़ में सुनने लगा। मंदिर के लाउड स्पीकर से उठती आवाज़ों में बेग़म अख़्तर की आवाज़ मिलकर मन में एक घातक क़िस्म का रसायन तैयार करने लगी। आख़िर मैंने म्यूज़िक सिस्टम को लात मार दी।

पत्नी सिर की पट्टी सँभालती हुई दौड़कर आई। ''क्या हुआ?''

''कुछ नहीं, यह म्यूज़िक सिस्टम स्टूल पर से गिर गया।'' मैं यही कुछ कह सकता था। उसने ज़ोर से ''हे मेरे ईश्वर'' कहा। उसकी पट्टी खुल गई थी और उसके सिर के आगे के रूखे केश अजीब ढंग से लहरा रहे थे। मुझे आशंका हुई कि इसके सिर में कहीं माता का प्रवेश न हो गया हो। तब तो यह भी मंदिर में जाकर विराज जाएगी।

इस गृहस्थी का अब यही सब कुछ होना है क्या!

(चार)

फिर शादियाँ शुरू हो गईं। बेटे ने ज़िद करके शहर के एक कोने में अलग कमरा ले लिया था। उसके रहने-खाने में चार-पाँच हज़ार रुपया महीना लगने लगा। घर में अब हम कुल दो लोग रह गए। मैं दफ़्तर से, बाज़ार से घर पहुँचता तो माथे पर एक सफ़ेद पट्टी या नीला-पीला दुपट्टा बाँधे वह दरवाज़ा खोलती। न जाने क्यों मुझे लगता कि इसमें उसका सिरदर्द उतना शामिल नहीं है जितना कि मुझे चिढ़ाने, परेशान करने की नीयत शामिल है। जैसे वह मुझसे यह क्वार्टर ख़ाली कराना चाहती है।

माता पूजने आनेवाले दल में शामिल लोग, सड़कों पर नव दम्पति के आगे उसी स्टाइल में डांस करते, जैसे बरातों में करते हैं। यह एक नया आयाम था। शायद इसलिए भी कि जब बैण्ड के पैसे दिए ही जा रहे हैं तो भरपूर दोहन क्यों न कर लिया जाए। मंदिर पहुँचने के ठीक पहले मेरे क्वार्टर के सामने अकसर डांस होता। वहाँ सामने सड़क कुछ चौड़ी थी।

उस शाम मैं अपने छोटे-से सुहाने परिसर में नीम के तने से टिककर खड़ा था और गुलमोहर की पत्तियों को देख रहा था कि वह जुलूस आया। लाल-पीली पन्नियों, गुलाब और गेंदे के फूलों से सजी कार में नवयुगल रहा होगा। कार धीमे-धीमे चल रही थी, रुक रही थी। एक पूरा बैण्ड, डी.जे. सहित आगे चल रहा था और बीच में डांस करते लोग। बैण्ड में सात-आठ लोग शामिल थे। ज़्यादातर जवान। उनमें एक सत्रह-अठारह साल का लड़का, कोने में खड़ा घुँघरू बजा रहा था। जुलूस मेरे क्वार्टर के सामने रुक गया।

वही फूहड़ धुनें। उन पर पैरोडी की तरह बनाए गए भजननुमा गीत। अग्रवाल साहब सोचते हैं कि मुझे गीत-संगीत से नफ़रत है। ''मिस्टर अग्रवाल! मैं संगीत समझता हूँ। इसलिए यह सब मुझे कर्कश लगता है।'' मैं बुदबुदाया। दस-पंद्रह मिनट हो गए। डांस चल रहा है। नागिन डांस भी। कर्कश धुनें लगातार बदल रही हैं। सिंथेसाइज़र पर गायक चीख़ रहा है। उसकी गले की नसें उभर रही हैं। ढम-ढम, ढमा-ढम-ढम। न जाने मुझे क्या हुआ। मैंने यकायक सेहन का गेट खोला, सड़क पर आया और घुँघरू बजाते उस लड़के को पकड़कर, दो थप्पड़ मार दिए। वह लड़का ज़ोर से चीख़ा फिर पलटकर मुझ पर वार करने लगा। कुछ क्षणों में ही संगीत थम गया और सिंथेसाइज़र

बजाते लाल शर्ट पहने गायक ने मेरा कॉलर पकड़ लिया।

ज़ाहिर है, मेरी काफ़ी पिटाई हुई। अग्रवाल साहब बाहर आ गए। फिर बीच-बचाव हुआ। पिटी हुई हालत में मैंने माफ़ी माँगी। थोड़ी हुज्जत के बाद जुलूस आगे बढ़ गया। अग्रवाल साहब ने उन लोगों को मेरी तरफ़ इशारा करके यक़ीन दिलाया कि ये भाई साहब दिमाग़ी रूप से कुछ ठीक नहीं हैं। पिटाई ने मेरी चेतना को सुन्न कर दिया था। मुझे ज़्यादा कुछ याद नहीं। मैंने अग्रवाल साहब, जो सहारा देकर मुझे बरामदे तक लाए, से रिरियाते हुए कहा कि वे मेरी पत्नी को कुछ न बताएँ। वह अंदर कमरे में सिर बाँधे पड़ी होगी। हो सकता है कि उसे सचमुच ही माइग्रेन हो। अग्रवाल साहब ने कहा, ''देखिए, आप विचार कीजिए, मैं कहता था न कि आपके मन में शांति नहीं है। यह उसी का परिणाम है। आप योग, प्राणायाम और आधा घंटा भजन किया करें। हमारी एक जगतमाता हैं, आप चाहें तो उनसे मैडिटेशन की दीक्षा ले लें।'' मैंने चिल्लाकर कुछ कहना चाहा, मगर जबड़े में दर्द की वजह से कह न सका।

बाथरूम में जाकर मैंने कराहते हुए लेकिन गुपचुप तरीक़े से अपना कुरता बदला।

कुरते के दो बटन टूट गए थे।

(पाँच)

आखिर मैंने शहर के केन्द्र से दूर, एक कोने में बनी नयी कॉलोनी में फ़्लैट ख़रीद लिया। सुरक्षित कैम्पस। कोलाहल से दूर। शांत वातावरण। अब टॉकीज़, दफ़्तर, बाज़ार, आटा चक्की, ब्यूटी पॉर्लर, दवाई या हलवाई की दुकान, हर चीज़ दूर थी। रात आठ-नौ बजे लगभग सुनसान हो जाता था। कॉलोनी के मकानों में अभी सारे लोग रहने नहीं आए थे। सत्तर फ्लैट्स में से क़रीब चालीस में ही बसाहट थी। मेन गेट पर चौकीदार था। बेटा भी अपना कमरा छोड़कर अब हमारे साथ रहने लगा था।

दो-तीन महीने इस तरह आनंद से कटे। दूरियों संबंधी परेशानियों को छोड़कर, सब कुछ ठीक था। उस महान शोर की पीड़ा भी विस्मृत होने लगी थी। पत्नी ने पट्टी बाँधना छोड़ दिया था और उसके माथे के आगे की लट उतनी रूक्ष नहीं लगती थी। उसमें एक घुमाव था जो उसके जवान दिनों की

तरह जानलेवा तो नहीं था मगर आकर्षक ज़रूर था। नीम और गुलमोहर कभी-कभी याद आते थे। लेकिन इस कॉलोनी में भी कुछ पेड़-पौधे थे।

कॉलोनी की सोसाइटी बन चुकी थी और उसके अध्यक्ष, सचिव वग़ैरह चुने जा चुके थे। शनिवार की एक शाम वे दोनों यानी अध्यक्ष गुलाटी जी और सचिव कुलश्रेष्ठ जी घर आए। बोले कि घर-घर जाकर, इधर कॉलोनी में नए आये सभी लोगों से परिचय प्राप्त कर रहे हैं। वे कॉलोनी को एक आदर्श निवास बनाना चाहते हैं। इतना कि शहर की अन्य कॉलोनियों के लोग ईर्ष्या करें। पानी, बिजली, अंदर की सड़क, सुरक्षा, मेलजोल आदि के मामलों में कोई कोताही नहीं बरती जाएगी। कॉलोनी के क्लब और पार्क को भी मेनटेन किया जाएगा। इसके लिए ज़रूरी हुआ तो मासिक मेनटेनेन्स बढ़ाकर दो हज़ार रुपए तक करेंगे।

मैंने मन-ही-मन उनकी सराहना की और कहा, ''बहुत अच्छ इरादा है। पैसे की कोई बात नहीं।'' फिर उन्होंने बताया कि अभी सबकी मंशा अनुसार प्राथमिक काम यह है कि पार्क के कोने में जो थोड़ी जगह है, वहाँ छोटा सा लेकिन सुंदर मंदिर बनवाया जाए। नवदुर्गा, गणेशोत्सव और अन्य मौकों पर झाँकियाँ लगें। कुछ भजन-कीर्तन हो। लोगों का संकल्प है कि हमारी कॉलोनी की झाँकी इस पूरे शहर में सबसे अच्छी रहे। इतनी कि मंदिर चौराहे के आसपास के लोग भी यहाँ, हमारी झाँकी देखने आएँ। अभी हर एक घर से सिर्फ़ बीस हज़ार रुपए चंदा ले रहे हैं। सभी लोग दिल खोलकर सहयोग कर रहे हैं। यहाँ तक कि थॉमस साहब और लतीफ़ अहमद जी ने भी तुरंत चंदा दे दिया। तुरंत पर उन्होंने ज़ोर दिया। यह बताते हुए उनके चेहरों पर संतोष, सफलता, ख़ुशी और मोक्ष प्राप्ति की चमक थी। मैंने उनके 'तुरंत' का अर्थ 'घबराकर' लगाया।

ज़ाहिर है, मैं भी घबरा गया। मेरा क्लांत चेहरा देखकर उन्हें लगा कि मैं चंदे की रक़म सुनकर कुछ परेशान हूँ। सो, उठते-उठते गुलाटी जी ने अपनी आवाज़ में मैत्री, नरमी, हार्दिकता और राहत की चार तार की चाशनी घोलते हुए कहा, ''आप यह राशि हर महीने दो हज़ार के हिसाब से भी दे सकते हैं।''

(2010)

पंचतंत्र

अनशन की जगह

हम आँगनबाड़ी चलाते हैं। हमें कोई कार्यकर्ता नहीं मानता। हम नर्सें हैं। सिस्टर्स। हमें कोई सिस्टर नहीं मानता।

हम शिक्षक हैं। प्राइमरी शिक्षक। हमें उन जगहों के स्कूलों में भी जाना पड़ता है जहाँ विद्यार्थियों की आबादी नहीं बची। सड़क भी नहीं है। हमारे काम में दलिया-रोटी बनाना या बनवाना शामिल है। हम क्लीनर हैं। हम साफ़ कपड़े नहीं पहन पाते। हम ताँगेवाले हैं। मान लिया गया है कि हम मर गए हैं। हम ठेला लगाते हैं। अण्डे, मूँगफली, केले और बर्फ़ बेचते हैं। हमें खदेड़ दिया गया है। हम श्रमजीवी पत्रकार हैं, हमारे यूनियन के अध्यक्ष की पहले नौकरी ली गई फिर हत्या कर दी गई है। हम स्त्रियाँ हैं, रोज़ पिटती हैं और हम सिर्फ़ इसलिए जीवित रहना चाहती हैं कि हमारे बच्चे छोटे हैं। और हम हिजड़े हैं। हम बस मरने की कगार पर ही हैं। और हम बाइयाँ हैं। घर-घर में कामों में जुटी हैं, हमें कुछ कहना है, हमारी भी मुश्किलें हैं जिनसे महाकाव्य बन जाते हैं लेकिन सुना है कोई साहित्य नहीं पढ़ना चाहता। महाकाव्य तो क़तई नहीं। हम सब अनशन करना चाहते हैं। लेकिन हमारे लिए कहीं जगह नहीं है। हमें कहीं भी अनशन करने नहीं दिया जाता। हर जगह पुलिस आ जाती है। हम क्या करें, कहाँ जाएँ। हमारी दुकानें नहीं चलतीं क्योंकि हर सड़क पर एक बड़ी दुकान खुल गई है। हम पत्रकार हैं लेकिन हमारे अख़बार, स्थानीय अख़बार नहीं बिकते क्योंकि एक ही अमीर आदमी, एक ही बड़ी कंपनी के अख़बार पूरे देश में चल रहे हैं। और सब संस्करणों का वही एक आदमी संपादक है। हर जगह उसकी मनमानी है। और हम भी हैं जिन्हें समाजविरोधी, अपराधी वग़ैरह कह दिया गया है, हम भी कुछ कहना चाहते हैं, बस, हमें जगह दो। जहाँ बैठकर, खड़े होकर या लेटकर या बिना लाठी खाए हम कुछ कह सकें, बता सकें कि हम भी इसी दुनिया में,

इसी समाज में हैं और ज़िन्दा हैं तो हमें कुछ जगह चाहिए। भले आप हमें किसी भी कोने में डाल दें लेकिन जगह तो वहाँ भी चाहिए। जेल में भी आख़िर जगह तो लगेगी। और जो जगह आज आपके लिए बेकार है, आप हमें वहाँ भी फेंक देंगे तो कुछ दिनों बाद आपको बाज़ार, मॉल, कवर्ड कैम्पस आदि के लिए फिर जगह कम पड़ेगी और आप वहाँ फिर आकर कहेंगे कि अब यहाँ से जाओ। तो हम कहाँ जाएँ। इसलिए हम अनशन करना चाहते हैं, रैली निकालना चाहते हैं, नारे लगाना चाहते हैं। लेकिन सब तरफ़ आपने बैरिकेड लगवा दिए हैं। पुलिस है। आँसू गैस है। लाठियाँ हैं। पैलेट गन है।

और इधर देखिए, हम बच्चे हैं। हमारी भी मुश्किलें हैं। घरों में, स्कूल में। सब जगह हमारे लिए पहले से काम तय है। और हम कुछ नहीं कह सकते। अकसर रो भी नहीं सकते। और हम ये दूसरी तरह के बच्चे हैं। हमें उन सब कामों में जुटना पड़ता है जो स्कूल जानेवाले बच्चों के बाद हम बच्चों पर आ पड़ता है क्योंकि कुछ तो करना ही पड़ता है वरना कोई रोटी नहीं खिलाता। हम गालियाँ खाते हैं, थप्पड़ और लातें खाते हैं। हमारे पास सोने तक की जगह नहीं है। हमें कुत्तों के साथ जगह बाँटनी पड़ती है। हमें कुछ कहने नहीं दिया जाता। तब भी हम कुछ कहना चाहते हैं। कुछ लोग हैं जो हमारी तरफ़ से कुछ कह सकते हैं लेकिन वे जानबूझकर कहते नहीं हैं। और जो कहते हैं उन्हें कहने के लिए जगह नहीं दी जाती। और जो आपके सामने लगातार कुछ-न-कुछ कहते रहते हैं वे हमारे बारे में कुछ नहीं कहते।

यही नहीं और इतने ही नहीं।

हम लिपिक हैं, हम डेटा-ऑपरेटर हैं और हम ठेके पर हैं। हम कामकाजी स्त्रियाँ हैं। हम तृतीय श्रेणी, चतुर्थ श्रेणी कर्मचारी हैं। हम सिपाही हैं, होमगार्ड के जवान हैं। हम होटलों में, रिज़ॉर्ट में, धर्मशालाओं में खपे हुए हैं। और इधर भी देखिए, हम वर्षों से नालियाँ, गंदगी साफ़ कर रहे हैं। गटरों में उतरे हुए हैं, वहीं मर जाते हैं। घरों में रहते हुए भी हमारी दशा वही है। हमारा आसपास, मोहल्ला और यह पूरा शहर हमारे लिए एक गटर बनकर रह गया है। और हम आदिवासी हैं। लाखों सालों से हम इस पृथ्वी के, इस जंगल के, पानी के किनारों के वासी हैं। आदिवास है हमारा। हमसे कह दिया गया है कि हम अपनी जगहें छोड़ दें। हम धनुष चलाना जानते हैं और हमें जबरन बंदूक़ चलाना सिखाया जा रहा है लेकिन हमें भी कुछ कहना है। हम अपनी जगह

नहीं छोड़ना चाहते और न ही बंदूक़ चलाना चाहते हैं, हमें यह कहने की जगह दो। हमें इकट्ठा होने की, बात करने की जगह दो। लेकिन जगह नहीं है। हम तो किसी के हृदय में भी नहीं रह सकते, न किसी की आँखों में। हम ईश्वर नहीं हैं, आपकी निगाह में मनुष्य भी नहीं रहे, हम हर जगह की किरकिरी हैं।

अब केवल संतों के लिए, बापुओं, मौलवियों, चातुर्मासियों के लिए, सांसदों-विधायकों की सभाओं, सरकारी आयोजनों के लिए, ऑटो एक्सपो और रियल्टी बिजनेस मेलों और सैकंड हैंड माल की सेल के लिए जगह बची है। अब ये सब शहर की छाती पर, सबसे चमकदार सड़क पर सबसे लंबा, मोटा कीला गाड़कर तंबू तान लेते हैं। द्वार, तोरण भी बनाते हैं। तार डालकर सीधे बिजली ले सकते हैं। लाउडस्पीकर लगा सकते हैं। हर चीज़ ख़रीद सकते हैं। इनके लिए नियम हैं, अनुमतियाँ हैं और वे क़ायदानुसार इजाज़त लेकर ही ऐसा करते हैं। मंत्रियों, पूँजीपतियों, ठेकेदारों, माफ़िया सरगनाओं, कलेक्टरों, कमिशनरों, सचिवों, धार्मिक न्यासियों को कुछ कहकर माँगना नहीं है। उन्हें बिना कहे, बिना माँगे ही सब हासिल है। भृकुटि कंपन मात्र से उन्हें सब कुछ प्राप्य है। तो हमारे संसार में ऐसे भी कुछ लोग हैं जिन्हें अनशन की ज़रूरत नहीं, उन्हें प्रतिरोध की जगह नहीं चाहिए। इसके अलावा उनके पास, उनके क़ब्ज़े में पहले से ही अनंत जगहें हैं। और यदि उन्हें चाहिए भी तो फिर यह बाक़ी पूरी पृथ्वी, पूरी ज़मीन चाहिए। जिसे वे धीरे-धीरे ले ही रहे हैं। इसके लिए उन्हें किसी अनशन की ज़रूरत नहीं है। उनके पास क़ानून हैं। अधिग्रहण के अधिकार हैं। अधिनियम हैं। इलाक़े के वोट हैं। अपनी विशाल श्रेष्ठ जाति है।

हमारे पास उस जगह तक का भी कोई पट्टा नहीं है जहाँ हम पिछले कई सालों से रात में सो रहे हैं। तो हम आख़िर कहाँ जाएँ! हमसे साफ़ कह दिया गया है कि अब इस नये राजकाज में आप यहाँ शहर के बीच में अनशन नहीं कर सकते। यह अस्सी हज़ार रुपये प्रति स्क्वावयर फुट की जगह है। क्योंकि हम शहर में दिक़्क़त पैदा कर देते हैं, रुकावट डाल देते हैं। सबके लिए परेशानियाँ खड़ी कर देते हैं। संसार भर में बदनामी भी करते हैं, सो अलग।

ख़बर दी जा रही है कि तमाम मुश्किलों का और हमारी सुविधा का ध्यान रखते हुए सरकार ने, चालीस किलोमीटर दूर कहीं मैदान में जगह तय कर दी है। वहाँ खाने-पीने के स्टॉल्स और मीडिया के लिए भी केबिन बनवाया गया है। इस पर बीस करोड़ का ख़र्च आया है। कहा जा रहा है कि अनशन

आप वहाँ जाकर करें। वहाँ किसी को कोई दिक्क़त नहीं होगी। जब तक अनशन करोगे वहाँ दो-तीन डिप्टी कलेक्टर, नायब तहसीलदार और पुलिस भी रहेगी। होमगार्ड के जवान भी। मीडिया भी चला आयेगा। फेयर वेदर रोड है और बारिश में यों भी अनशन की कोई ज़रूरत नहीं पड़ती।

फिर भी हम यहाँ आ गए हैं। यह शहर के ठीक बीच में लगभग एकड़ भर जगह ख़ाली है। इसके आसपास दुकानें हैं, आवाजाही से भरी सड़कें हैं, पूरा बाज़ार है। कह सकते हैं, यह शहर में अनशन की वास्तविक जगह है। हम तो वर्षों से ऐसा ही देख रहे हैं कि यहाँ कोई भी आकर धरना दे सकता है, सभा कर सकता है, सत्संग करा सकता है। बहुत कम दिन ऐसे होते हैं कि यहाँ कोई धरना-प्रदर्शन-प्रवचन न हो रहा हो। तो हमने यहाँ धरना दे रखा है। सप्ताह भर हो गया। हमारे गाँव-के-गाँव डूब में आ गए हैं। वाजिब मुआवज़ा मिलता नहीं, घर-बार-खेती उजड़ गई है। नयी जगह का कोई ठिकाना नहीं। जो जगह दी जा रही है, वह बंजर है, पानी भी नहीं है और एक ऐसा उजाड़ है कि बसना मुश्किल। औरतें-बच्चे भी यहीं धरना देने आ गए हैं। वहाँ क्या करते। पिछले अनुभवों से सीख गए हैं कि दो-चार दिन में सुनवाई होती नहीं इसलिए इस बार लंबे इंतज़ाम से आए हैं। आटा, सत्तू, दाल लाए हैं। शहर देख सकता है कि फ़ोर लेन रोड के इस डिवाइडर की रेलिंग पर अब कई रंगों की साड़ियाँ, लहँगे और बच्चों के कपड़े, कमीज़, धोती आदि सूख रहे हैं। हवा में लहरा रहे हैं। वे हमारे अनशन का हिस्सा हो गए हैं। किनारे ईंटों के चूल्हे से उठता धुआँ भी इसमें शामिल है। लेकिन हमसे कहा जा रहा है कि यहाँ अनशन नहीं कर सकते। क्योंकि हम शहर की साँस घोंट रहे हैं, शहर भर के लिए रुकावट हैं। शासन ने अब एक जगह तय कर दी है। वहीं जाएँ। वहीं जाना होगा। यही बार-बार बतलाया जा रहा है। जीप पर लगे लाउडस्पीकर से भी।

हमको अभी समझाया जा रहा है। दो तीन दिन और समझाया जाएगा। फिर समझाने के दूसरे तरीक़े भी हैं। जतला दिया गया है कि उन तरीक़ों को आप जानते ही हैं। अगली सुबह या चुपचाप आज रात उन पर अमल किया जाएगा। अब हम भी कुछ तो समझते ही हैं। बाक़ी बातें और समझेंगे, धीरे-धीरे। लेकिन सवाल है कि अनशन करने इतनी दूर कैसे जाएँ।

और क्यों जाएँ?

(2013)

एक दिन तुम कुछ खो दोगे

अपने बचपन की स्मृति के संदर्भ में, जो शब्द उसे सबसे पहले याद आते हैं, वे यही हैं—'एक दिन तुम कुछ खो दोगे।' घर में उससे यह वाक्य इतनी बार बोला गया कि वह अपने बचपन को लेकर कोई दूसरे वाक्य याद नहीं कर पाता। सबसे पहले, किस संदर्भ में उससे यह कहा गया, यह भी याद नहीं पड़ता। शायद किसी खिलौने को लेकर या पैंसिल या पतंग को लेकर। कुछ याद नहीं। ताई को, चाची को, माँ को भी नहीं। ताऊ, चाचा, पिता और बड़े भाई को भी नहीं। बल्कि वे तो यह भी भूल चुके हैं कि बचपन में उससे यह वाक्य बार-बार कहा गया। ''अरे, कभी कह दिया होगा। बच्चों से यह डर बना रहता है कि वे कुछ खो देंगे। कहीं कुछ रखकर भूल जाएँगे। सभी बच्चे कुछ-न-कुछ गुमा देते हैं।'' लेकिन इसी वाक्य के कारण फिर वह कभी लापरवाह नहीं रहा। बल्कि यह उसकी सजगता बन चुकी थी जो लोगों का ध्यान खींचती थी। इन शब्दों ने उसे बचपन में ही चुनौती दे डाली थी। इसी वजह से उससे जीवन में कभी कुछ नहीं गुमा। नोटबुक, रबर, पैन, किताब, बस्ता। उसने कुछ नहीं खोया। एकाध बार किसी और की पैंसिल, रबर या कोई पुस्तिका भले उसके पास आ गई हो, जिसे उसने हमेशा लौटाने की कोशिश की, लेकिन अपनी कोई चीज़ उसने नहीं खोई।

सब भूल चुके हैं। पूरा घर। लेकिन उसे, उसके मस्तिष्क की स्मृति की कोटर में यह वाक्य सुरक्षित है। आज तक चेतावनी देता हुआ। ललकारता हुआ। धमकाता हुआ। संभव है, उससे दो-चार बार ही, एहतियातन यह कहा गया हो मगर उसके दिमाग़ में इस वाक्य की इतनी गूँज और अनुगूँज बन गई हो कि उसका प्रभाव हज़ारों बार कहे गए शब्दों की तरह पड़ा हो। नतीजा यह हुआ कि वह बहुत सजग हो गया। अपनी हर छोटी-से-छोटी चीज़ के लिए। नहीं, उससे कुछ गुम नहीं हो सकता। वह हर चीज़ का ध्यान रख सकता है। अपने सत्ताईस बरस के जीवन में, आज तक वह कुछ भी गुमाकर घर नहीं

लौटा। न ही उसने घर में अपनी चीज़ों को इस तरह रखा कि उसे वक़्त पर न मिलें। घड़ी, पर्स, रूमाल, मोबाइल, पैन, चाबी। हर एक चीज़ उसके पास हमेशा सुरक्षित रहती आई है। हाई स्कूल और कॉलेज में भी उसके सहपाठियों से कितनी चीज़ें गुम हुईं। सात सौ पेज की टैक्स्ट बुक और साइकिल जैसी चीज़ें भी गुम हो गईं। एक से तो अपनी मार्कशीट ही खो गई। लोग कहते हैं कि साइकिल कोई भी चुरा सकता है। चोर के आगे भला किसकी चलती है। ताले तो शरीफ़ों के लिए हैं, चोर के लिए कैसा ताला। लेकिन भाई साहब, आप साइकिल में डबल ताला लगाइये, यानी एक अपना ताला अलग से। ऐसी जगह खड़ी कीजिए, जहाँ आप उस पर बीच-बीच में निगाह रख सकें। देर रात में बाहर या किसी अँधेरी गली में उसे न छोड़ें। मजाल है कि चोरी हो जाए। दरअसल, लापरवाही लोग करते हैं और दोष चोर को देना चाहते हैं। या फिर ईश्वर को तो दे ही देते हैं। इस तरह वे लोग, जो ख़ुद लापरवाह होते हैं, अलाल या ग़ाफ़िल होते हैं, ख़ुदा के नाम पर अपने आपको बचाना चाहते हैं।

सफ़र में भी उससे कुछ नहीं गुम होता। कुछ नहीं छूटता। पानी की बॉटल, चप्पल-जूते, अटैची, तौलिया, चादर, खाने का डिब्बा या दाढ़ी बनाने का सामान। यहाँ तक कि पेपर-सोप भी वह कहीं भूलकर नहीं आता। उसके पास बचपन से धीरे-धीरे ईजाद किए गए अपने तरीक़े हैं। यहाँ तक कि वह चोरों, जेबकतरों, डकैतों की तरह सोचने लगता है। और इस तरह भी अपनी चीज़ों को बचा लेता है।

पुरानी बात है लेकिन हद यह है कि एक बार जब वह बस से आधी रात में सफ़र कर रहा था और लुटेरों ने लूट के इरादे से बस रोक ली थी, तब उसने अपना झोला, घड़ी और पर्स तुरंत सीट के नीचे डाल दिए। केवल चार-पाँच सौ रुपये ऊपर शर्ट की जेब में रहने दिए। यह सब उसने इतनी फुर्ती से किया कि उसे ख़ुद पर आज तक आश्चर्य होता है। अपनी बारी आने पर आत्मसमर्पण करते हुए वे रुपये लुटेरों को दे दिए। इस तरह उसने लगभग सब कुछ लुटने से बचा लिया। हालाँकि, हथियार के दम पर कोई कुछ लूट ले तो इसे गुमाना नहीं कहा जायेगा। और भूलवश तो कुछ उससे छूट नहीं सकता। गुम नहीं सकता।

बल्कि यात्रा में, या ज़रूरत के ऐसे ही किसी मौक़े पर कोई उसे कुछ सौंप दे तो वह आदमी भी निश्चिंत हो जाता है, 'महेश कभी कुछ नहीं खो सकता।' वह इतना सजग है और नींद में भी सावधान कि 'सामानों की स्मृति' को उसने पूरी तरह क़ब्ज़े में ले लिया है। मनुष्यों की या बाक़ी बातों की उसे उतनी परवाह नहीं।

(2015)

जैसे 1970

सत्तावन साल बाद समझ पाया हूँ कि आदमी का जीवन कुल एक साल का होता है। और यही एक साल होता है जिसमें वह अपना पूरा जीवन जी लेता है। उसके पहले तो वह प्रस्तुत संसार के गर्भ में बना रहकर, पोषण और स्पंदन प्राप्त करता रहता है ताकि इस 'विशेष जीवन वर्ष' में उसका जन्म हो सके और वह अपना आयुष्य पूरा कर ले। बाद के वर्षों में, उपरांत जीवन में तो वह किसी बाध्यकारी यांत्रिकता के तहत इसी साल को दोहराता रहता है। अनवरत एक रैप्लिका तैयार करता है। हास्यास्पद होने की हद तक, अंतर्विरोधों और विडंबनाओं से भरी अनुकृति। एक कैरीकेचर। मूर्खताओं और आकांक्षाओं से भरी एक क़वायद। इसका केंद्रक, गोमुख और स्रोत होता है वही एक साल। बाक़ी सारी घटनाएँ और मकार, नकार सहित तमाम अवयव यानी मोह, क्रोध, लोभ, प्रतिवाद, प्रेम, चिंताएँ, कामनाएँ और बीमारियाँ उसी का चाहा–अनचाहा विस्तार हैं। और वह किसी उपग्रह के टूटे हिस्से की तरह अंतरिक्ष में चक्कर लगाते रहने के लिए आजीवन अभिशप्त है। हो सकता है किसी के लिए यह उसकी उम्र का सातवाँ, नवाँ, ग्यारहवाँ, चौदहवाँ या सोलहवाँ साल हो। जैसे मेरे लिए यह उन्नीस सौ सत्तर था। उम्र का तेरहवाँ वर्ष। मैं बारह वर्ष तक इस दुनिया के गर्भ में रहा और जनवरी 1970 में पैदा होकर उसी साल के अंतिम दिनों में मर गया।

तब से मेरी अनुकृति या प्रतिकृति या कहें कि एक रैप्लिका जीवित है।

यह भी इस तरह नहीं होती यदि उन्नीस सौ सत्तर नहीं आया होता। जैसे 1941, 1948, 1975, 1992 या 2013 नहीं होते तो इस समय अधिकांश लोगों की अनुकृतियाँ भी इस तरह चलती-फिरती दिखाई नहीं देतीं। तो, तमाम मनुष्यों की तरह मेरी कहानी भी कुल एक साल की है, जिसे मैं कई सालों की बताने

और कई सालों तक कहने की कोशिश करता हूँ। इस तरह यह ऐसी गड्डुमड्डु हो जाती है मानो यह कहानी कोई अड़तालीस, पचपन, चौंसठ, छियत्तर या सतासी साल के मनुष्य की कहानी है। जबकि हम सब एक लंबे समय तक प्रेत योनि में जीवित रहते आए हैं। अपने उस एक वर्ष के भूत में अटके हुए, इस वर्तमान को नोचते-खसोटते, ख़ुश होते और अपने वास्तविक मरने के स्मरण में, मर चुके होने की स्मृति में किसी आभासी मृत्यु की प्रतीक्षा करते हुए। मृत्यु, जो अब सिर्फ़ औपचारिक घोषणा की तरह बची है। इस नाट्य में होता यह है कि हम अपनी उस पूर्णकालिक एकवर्षीय आयु को भूलते जाने के अभिनय में कहीं अधिक याद करते चले जाते हैं। जब हम सचमुच इस दुनिया में आए, सब कुछ सीखा, जाना, मोहित हुए, नाखूनों से तालाब खोदे और आँसुओं से लबालब भरे, वीरताएँ दिखाईं, संवेदित हुए, संगीत, साहित्य, चित्रकला सहित अनेक कलाओं में एक साथ कूद पड़े, मूर्खताओं के ढेर लगाये और बुद्धिमान कहलाए। एक बार फिर सिद्ध करने के लिए कि बुद्धि की सीमा होती, मूर्खता का अंतरिक्ष होता है।

यही सब करते हुए फिर मैं मर गया।

अब यह बहुत पुरानी बात हो गई है लेकिन ठहरकर सोचो तो एकदम नयी है।

(2013)

पंचतंत्र

नौकरी करने, परिवार बनाने, उसमें रहने और प्रेम करने में अपमान होता ही है। दरअसल पूरे जीवन से ही अपमान का संबंध है। अपमान ही सच्ची आजीविका है। बिना अपमान के आप समाज में जीवित नहीं रह सकते। आप अपमान सहते हैं, इसके बदले ही आपको जीवन जीने का अवसर मिलता है। दिनचर्या में मौक़ा आने पर आप भी अपमान करते हैं। इससे अपमान रूपी जीवन या जीवन रूपी अपमान का एक चक्र पूरा होता है। अपमान करना, सहना, एक विद्या है। इसे सीखकर या बिना सीखे भी जीना पड़ता है। फ़र्क़ यह है कि जो इस विद्या को जान लेता है, वह कुछ अधिक संतोष के साथ मर सकता है। लेकिन मरते समय हर आदमी को लगता यही है कि उसने अपमान किया कम, सहा ज़्यादा।

बहरहाल, यह सब सोचते हुए, जानते हुए भी एक दिन मैंने बॉस से कहा, ''सर, मैं यहाँ काम करने आता हूँ, गाली खाने नहीं। काम करूँगा लेकिन अपमान नहीं सहूँगा।'' तटस्थ, निर्विकार उत्तर मिला, ''हमारे संस्थान में अपमान कार्य-संस्कृति का अनिवार्य हिस्सा है।'' बॉस स्पष्टवादिता के लिए प्रशिक्षित हैं। जब से नौकरी की सुरक्षा ख़त्म हो गई है, उन्हें और अधिक स्पष्टवादी होने का निर्देश और साहस बाक़ायदा परिपत्र भेजकर दिया गया है।

मैंने इस बारे में घर से बाहर अपने आत्मीय दोस्त और घर में पत्नी से बात की। दोस्त ने हँसते हुए बताया कि अपमान के भरोसे ही उसका जीवन कट रहा है। यह कोई चिंताजनक बात नहीं है। न ही उल्लेखनीय। इसलिए विचारणीय भी नहीं। पत्नी ने कहा कि बरसों से वह अपमान के बदले ही रोटी-कपड़ा-मकान और बिस्तर की सुविधा ले रही है।

लेकिन मेरी तृष्णा और व्यग्रता शांत नहीं हुई। इसलिए शाम को दूसरे

मुहल्ला में रह रहे पिता के पास गया। कुछ देर बैठकर, इधर-उधर की बातचीत की। फिर घुमा-फिराकर यह घटना बताई और अपमान-सिद्धांत पर अपनी दुविधा और बात रखी। उन्होंने पिता की तरह अक्खड़ और खड़ा जवाब दिया, जिसमें उपदेश भी शामिल था, ''इसमें कुछ भी अस्वाभाविक नहीं। यदि अपमान नहीं सह सकते तो रोटी नहीं खा सकते। यह मानव-सभ्यता का इतिहास है। यही मनुष्य की जैविकता का रहस्य है। तुम हर महीने मुझे बारह हज़ार रुपये देते हो। यानी मैं चार सौ रुपये रोज़ के हिसाब से अपमान की ख़ुराक पर जीवित हूँ। तुम मेरे पास आते हो और नियमित बदतमीज़ी करते हो। और जिस दिन नहीं आते हो तो सिर्फ़ यह बताने के लिए कि उतनी ही राशि में, और ज़्यादा अपमानित किया जा सकता है।''

गहरी साँस लेकर फिर बोले, ''तुम ध्यान दोगे तो देखोगे कि मनुष्यों के संसार की हर क्रिया में अपमान की क्रिया शामिल है। यही जीवन का व्याकरण है। घरों में, गलियों में, चौराहों पर, सभाओं में, सदनों में, टैलिविज़न पर, सिनेमा में, भाषणों में, ग्रंथों में, उपदेशों में उन सबके लिए अपमान भरा पड़ा है जो स्वतंत्रताकामी और न्यायपूर्ण जीवन चाहते हैं। मनुष्य होने की इच्छ मात्र से अपमान की पात्रता हो जाती है। तुम मुझे एक भी महत्त्वपूर्ण क्रिया, कोई ऐसा सक्रिय महान वाक्य या विशेषण निकालकर दिखाओ जिससे किसी का अपमान न होता हो। हर शब्द में यदि एक के लिए सम्मान है तो उसी में उसी वक्त दूसरे का अपमान छिपा हुआ है। बल्कि उजागर है। चमकता हुआ।''

मैं सोच में पड़ गया। लज्जित भी हुआ।

उन्होंने आख़िर बात समाप्त करते हुए कहा, ''जो अधिक अपमान कर सकता है, उससे उसकी ताक़त का पता चलता है। मेरा अनुभव है कि बीमार बुढ़ापा सर्वाधिक निर्बल होता है इसलिए सर्वाधिक अपमान सहता है। हर कोई इसलिए भी शक्तिशाली होना चाहता है ताकि वह कम अपमान सहे और ज़्यादा अपमान कर सके। परिवार में, जीवन में या समाज में सत्ता, यश, धन पाने की कोशिश दरअसल व्यवस्थित, आधिकारिक और क़ानून-सम्मत अपमान कर सकने की आकांक्षा है। सारा धर्म, विज्ञान और राजनीति इसी में जुटे हैं कि कम-से-कम व्यय में, अधिकतम लोगों का, अधिकतम अपमान, अधिकतम आसानी से किया जा सके। और अपमान करने, सहने को इतना

नैतिक बनाया जा सके कि किसी को अपराध-बोध न हो। आगे नयी विधियों के साथ अपमान होगा। तकनीक भी मनुष्य को तरह-तरह से अपमानित करेगी। मानव-सभ्यता का यही भविष्य है।''

पिता से बात करके मेरी जिज्ञासा काफ़ी हद तक शांत हो गई। सच ही कहा है कि बुजुर्गों के पास पर्याप्त विस्मयकारी अनुभव और व्यावहारिक ज्ञान होता है। अब मैं अधिक इत्मीनान से नौकरी कर पा रहा हूँ। बॉस से झगड़ा ख़त्म हो गया है। मेरे आधिपत्य में काम करनेवाले कर्मचारी भी अब एकदम सतर्कता से काम करते हैं। वे जान चुके हैं कि अब मैं भी निडर होकर, पर्याप्त अपमान कर सकता हूँ। कंपनी की उत्पादन क्षमता के लिए मेरी गिनती उपयोगी लोगों में होने लगी है। नौकरी से निकाले जाने का ख़तरा पूरी तरह तो नहीं लेकिन काफ़ी कुछ ख़त्म हो गया है। पत्नी, बच्चे भी मज़े में जी रहे हैं। मैं समझ गया हूँ कि कई बार चीज़ों के हल बहुत आसान होते हैं। हम व्यर्थ ही उन्हें जटिल बनाते हैं।

फिर एक बार पिता ने बोधकथा जैसा कुछ सुनाया। शायद मुझे चिढ़ाने के लिए—देखो, मनुष्य का आयुष्य हाथी के बराबर होता है। पूरे सौ वर्ष। पूर्ण स्वस्थ सौ साल। इसलिए शतायु होने का आशीर्वाद दिया जाता है। लेकिन जानते हो आदमी पिछले लंबे समय से औसतन सौ बरस का जीवन नहीं जी सका है। अपवाद छोड़ दो लेकिन यह एक साधारण नियम हो गया है कि प्राय: शतायु नहीं हो पाएगा। कितना भी आशीर्वाद दो लेकिन वह सौ के पहले ही चला जाएगा। क्यों? वह इसलिए कि आदमी को समाज और उसके परिजन मार डालते हैं।

कैसे? अरे भाई, अपमान करके।

अनवरत अपमान करते हुए।

यदि कम-से-कम परिजन ही उसका अपमान न करें तो वह स्वस्थ रूप से नब्बे के ऊपर तो निश्चित ही जीवित रह सकेगा। लगातार अपमान से 'मल्टी ऑरगन फैल्युअर' हो जाता है। समाज में, दफ़्तरों में, शहर में, गलियों में, घर-घर में अपमान उत्पादन के कारख़ाने खुल गए हैं। यही कारण है कि अब कोई किसी को शतायु होने का आशीर्वाद या शुभकामना देता है तो उसे वरदान नहीं, अभिशाप समझा जाता है।'' मुझे किंकर्तव्यविमूढ़ खड़ा देखकर

उन्होंने कहा—''अब तुम जाओ।''

पिछले महीने मेरी पदोन्नति हुई और आकर्षक वेतनवृद्धि मिली। मैं बहुत ख़ुश था। ख़ुशी में मैंने पिता को बताया कि अब मैं आपको अठारह हज़ार रुपये हर महीने दे सकता हूँ। पिता ने मेरी तरफ़ कुछ अजीब ढंग से देखा, ''नहीं। मेरे लिए बारह काफ़ी हैं। मैं पुराना आदमी हूँ। मेरी ज़रूरतें कम हैं। इतने में ही गुज़ारे की आदत पड़ गई है।'' फिर अनावश्यक ही स्पष्ट करते हुए बोले, ''ज़्यादा अपमान में मेरे लिए ज़्यादा मुश्किल होगी।''

(2018)

एक और जोड़ी

"**आ**पका वापसी रिज़र्वेशन कब का है?''

उसकी आवाज़ की निःसंगता ने मुझे लोहे की सर्द रेलिंग की तरह छुआ।

''गुरुवार का।'' मैंने बताया।

''ओह!'' उसने अफ़सोस ज़ाहिर करने की कोशिश की।

''मुझे कल सोमवार को ही चार दिन के लिए टूर पर जाना है।''

''ठीक है, जाओ।''

''मैं चाहता था कि आपके साथ कुछ और दिन रहूँ। बड़ी मुश्किल से आप आए हैं। तीन साल बाद।''

''हाँ, तुम रहते तो अच्छा लगता।''

''लेकिन आपको मुझसे बात तो करना था आने से पहले।''

''मैंने बताया था। तुमने कहा था, ठीक है।''

''अब तीन–चार महीने पहले से कुछ नहीं कहा जा सकता कि क्या व्यस्तता बन जाएगी।''

''लेकिन रिज़र्वेशन तो इतना पहले ही कराना पड़ता है।''

उसने अपना सिर स्मार्ट्फ़ोन पर झुका दिया।

उसके चेहरे पर स्क्रीन की आभा है।

मैं उसे कुछ अधिक ध्यान से देखता हूँ। उसके चेहरे पर पहले जीवन की आभा थी। अब उसका वज़न बढ़ गया है। पेट बाहर है। सिर के बाल आधे हो गए हैं। जबड़े की हड्डियाँ सख़्त दिखती हैं। बचपन में वह काफ़ी सुंदर था। अभी दस बारह–साल पहले तक उसकी देहयष्टि संतुलित थी। आकर्षक भी। उसकी निगाहें पूरी दुनिया को उत्सुकता से देखती थीं और घर से दूर जाने के ख़याल से ही उसे रोना आ जाता था।

लेकिन अब वह अपने लिए कुछ दुरूह हो गया है। मैं भी अब उसके लिए कुछ नहीं कर सकता। उसके प्रशस्त होते माथे पर आते बलों को कम नहीं कर सकता। उससे नहीं कह सकता कि यह जीवन इस तरह जीने के लिए नहीं बना है। उसे कुछ भी शिक्षा या नसीहत नहीं दे सकता। वह सब कुछ मुझसे ज़्यादा जानता है। नसीहतों से उसे सच्ची घृणा है। उसके पास अपने तर्क हैं। वह कहता है कि अब यही विकल्प है। मेरे सुझाये विकल्पों को वह अव्यावहारिक और पुरातत्त्वीय मानता है। इस तरह वह अपने घूर्णण नियमों से, अपनी जगह, अपनी कक्षा में भ्रमण करता है। मैं उसे देखता हूँ, जैसे दूर कहीं आकाशगंगा में से। दरअसल, अब वह भी अपने लिए कुछ नहीं कर सकता। वह कई ग्रहों का एक साथ इकलौता उपग्रह है। गुरुत्वाकर्षण के नियमों को चुनौती देता हुआ।

अड़तीस की उम्र में उसके घर में बहुत ज़्यादा सामान है। इतना कि वह साल दो साल पुरानी हर एक चीज़ को फेंकने पर आमादा रहता है। घर में जगह नहीं है और नयी तकनीकें आ चुकी है। छह महीने पुरानी चीज़ें भी दरअसल बहुत पुरानी हो चुकी हैं। उसकी दिनचर्या में किसी हवाई जहाज़ की रफ़्तार है। लेकिन वह रोज़ सुबह दौड़ना चाहता है। उसके पास पाँच तरह के रनिंग शूज़ हैं। सप्ताह में कम-से-कम एक दिन वह वक्त निकालने की कोशिश करता है। मगर उसकी आपाधापी में पहले से इतनी दौड़ शामिल है कि एक दिन का वक्त भी नहीं निकलता। जूते मुँह बाए इंतज़ार करते हैं। मैं कहना चाहता हूँ, ''किसी चीज़ की उपयोगिता इस बात पर निर्भर करती है कि आप उसका उपयोग कर भी रहे हैं या नहीं।'' लेकिन कह नहीं पाता। कह नहीं सकता। मंत्र की तरह बुदबुदाने का भी मतलब नहीं।

कोई मंत्र काम नहीं करता।

सप्ताहांत में फिर कुछ चीज़ें लाई गई हैं। मैं अचरज से उन्हें देखता हूँ।

एक डिब्बा शू-रैक में रखते हुए बेटा बताता है, ''एडिडास के हैं, एकदम आरामदायक।'' कई चीज़ों के साथ एक जोड़ी और शरीक हो गई है, अपनी उबाऊ और प्रतीक्षा भरी मृत्यु का जीवन लिए। अपनी भागमभाग, आपाधापी, व्यस्तता में वह अभी सोच नहीं पा रहा है कि एक दिन चीज़ें भी आख़िर इंतज़ार, उपेक्षा और ऊब से मर जाती हैं।

मनुष्यों की तरह।

(2018)

स्वप्न में बारिश

(एक)

जैसा कि हम सभी, कभी न कभी शिकार होते हैं। सुंदरताएँ हमारा शिकार करती हैं। अपने बाहुपाश में लेकर गिरफ़्तार कर लेती हैं। वे हमारे लिए सुंदरतम क़ैदख़ाने बनाती हैं, वहाँ से हम कभी रिहा नहीं होना चाहते। समझने और समझाने की ज़रूरत के चलते हम अपने प्राकृतिक संसार में से ही कुछ उपमाएँ खोज सकते हैं। लेकिन अभी ऐसा कोई बेधक रूपक मिल नहीं रहा है, सिवाय खिड़की से दिखते भादौं के इस हरे-भरे मैदान के, जिसे बारिश ने उन्मत्त, युवा और मनोरम बना दिया है। कुछ पेड़ अपनी ऊँचाई में खोये गर्वीले खड़े हैं और दूर धुँधले पहाड़ उन्हें अजीब उठंग ईर्ष्या में देख रहे हैं। वहीं नवनिर्मित छोटा-सा पोखर है, जिसमें झाँकता हुआ नीला आसमान है और बादल का वह टुकड़ा, जो बरस चुका है लेकिन भीतर की शेष नमी उसके साँवलेपन में बाक़ी है। यह सब कहना अपनी उस असहायता को प्रकट करना है जो तुम्हारे आगे, मेरे सामने पेश है। और ख़ुश है।

एक असहाय प्रसन्नता।

यह उदास बनाने वाली सुंदरता है। यह चमकदार अवसाद में गुम हो जाने के लिए आमंत्रित करती है। अवश बना देती है। धैर्य, नैतिकता, संयम और चरित्र को चुनौती देती है। लीक को, रूढ़ियों, बंधनों और अनुशासन को तोड़ देने के लिए प्रेरित करती है। यह मायावी सुंदरता है। यह छूने से ग़ायब हो जाएगी। इस पर कलुष आ जाएगा। लेकिन यह भी सच है कि स्पर्श से यह निखर जाएगी। दोगुना हो जाएगी। यह शांति नष्ट करनेवाली सुंदरता है। यह अंतर्विरोध और द्वंद्व पैदा कर सकती है। यह वह स्वप्न है जो जब जागते हुए आदमी को दिखता है तो फिर वह स्वप्न में ही निवास करने लगता है।

उसका शेष जीवन इस बात में नष्ट होता रहता है कि जो स्वप्न में दिखा वह आख़िर क्या था। कोई आकांक्षा या अलौकिक यथार्थ।

यह सच और भ्रम के बीच स्वप्न में कोई बारिश है।

मोहिनी है। आकर्षक दुविधा है।

(दो)

इस स्वप्न में इतनी नदियों और कामनाओं का वेग, इतनी चिड़ियों की उड़ान शामिल है कि यह शिल्पकारों, चित्रकारों, कवियों की इच्छा जैसा है। विचलनकारी कोई कलारूप। बीच में श्वेत-श्याम छायांकन का फैला हुआ जाल। इस महासागर में नाविक राह भटकते हैं। इसमें उठनेवाली लहरें, दूसरे तटों से टकराकर उन्हें ध्वस्त कर देती हैं। इसके क़रीब हर कोई असहाय है। लेकिन उत्कंठित और जिज्ञासु। यह सौंदर्य घातक है। असंभव सीमाओं पर जाकर पुकारता हुआ। यह अभौतिक है लेकिन इसका असर भौतिक है। या इसका विलोम। इससे मन में नये रसायन पैदा होते हैं। कुछ नये हारमोन्स भी, जिनकी खोज, जिनका नामकरण बाक़ी है। संभव है, वे अज्ञात में ही खोए रहें। सदैव के लिए।

मैं ऐसे ही सुंदर के स्वप्न में रह रहा हूँ।

यह मेरी आख़िरी शरण है। जब तक यह स्वप्न है, जीवन है। जिस दिन यह टूट जाएगा, सब कुछ ख़त्म हो जाएगा। संसार ऐसे सपनों की बदौलत ही चल रहा है। यह दुनिया ख़्वाब है कोई दीवाने का। ऐसा ही स्वप्न गतिमान रखता है, चुनौती देता है और लगता है कि उसे हम एक दिन पा लेंगे। और मैं चलता जाता हूँ। उन किनारों तक जहाँ तक अभी कोई मनुष्य नहीं पहुँचा है। उन घाटियों और पर्वतों तक जहाँ किसी दूसरे मनुष्य के पाँवों के, उँगलियों के निशान तक नहीं हैं। उन रक़बों तक जहाँ अभी निराई होनी है और मनुष्य को अन्न उपजाना सीखना है। बारिश उसे सिंचित करेगी। धूप रसों को सांद्र कर देगी। यह आशा सपने से ही पैदा होती है। सपने जो जीवन को भारहीन बना देते हैं। तुम्हारा वास्तविक जीवन एक सपने में संभव है। और वह सपना मेरे पास है।

(तीन)

तुम सपना हो, इसलिये वास्तविक हो। ठीक सपने की तरह। स्वप्न का पुनरावास करता हुआ कोई यथार्थ। सचमुच हो लेकिन मेरे लिए स्वप्न हो। इतना अधिक स्वप्न कि लगता है तुम हवा की बनी हो। तुम्हें सिर्फ़ अनुभव किया जा सकता है। पारदर्शिता की हदों तक तुम हवा हो। तुम्हारे आर-पार जाया जा सकता है। कभी लगता है तुम केशों से निर्मित हो और रहस्य को और अधिक रहस्यों से भर रही हो। मानो कोई ब्लैक होल। सब कुछ को अपने गुरुत्व में खींचता हुआ। लेकिन जैसे ही मैं केश हटाता हूँ, देखता हूँ तुम इतनी तरल हो जैसे पानी हो। तुमको मैं पी सकता हूँ। तुममें डूब सकता हूँ। यह सब सपने की बात है। मगर जीवन में प्यास है और व्याकुलता। मैं किसी कुएँ की मुँडेर पर बैठा हूँ और गहराई का पानी जैसे कोई तरल चुंबक है। अनवरत कोई बारिश पुकारती है। मैं कभी भी छलाँग लगा सकता हूँ। जो सपना जितना अलभ्य, अप्राप्य और दुष्कर दिखता है, वह उतना ही अधिक संगीन होता है। उतना ही मारक।

सुंदर का सपना नहीं होता तो यह जीवन किस क़दर झूठा होता। नीरस, कठोर और तुरंत मर जाने लायक। तुम इस हद तक एक सच्चा सपना हो कि लगता है मैं किसी सपने में ही हूँ। तुम्हें भी मेरे सपने में रहना पड़ता है क्योंकि वह तुम्हारी भी जगह है। वह तुम्हारा सहज प्राकृतिक आवास है। जहाँ तुम इस संसार की क्रूरताओं से बची रह सकती हो। यदि यह वास्तविकता बन गया तो फिर वह सपना नहीं रह जाएगा। फिर मैं भी, मैं नहीं रह जाऊँगा। यह टूट गया यानी घर टूट गया। धीरे-धीरे तुम्हारी नियति मेरे सपने से जुड़ गई है। मेरे स्वप्न के जीवन तक तुम्हारा जीवन है। यही सच्चाई है। इस संसार में तुम्हारे होने को केवल मैं ही अपने स्वप्न में साकार कर सकता हूँ। किसी और के लिए तो तुम्हारा स्वप्न एक ठोस चट्टान है, जिस पर वह केवल अपना सिर पटक सकता है।

सपने में ही एक दिन मैंने जाना कि तुम बुलबुलों से बनी हो। जिनमें से ज़रा-सी रोशनी से ही इन्द्रधनुष झाँकने लगते हैं। फिर बुलबुले फूट जाते हैं और देखता हूँ कि तुम चाँदनी से निर्मित हो। पूरा आकाश उजला है और तारों का रंग कत्थई-स्लेटी। सपना देखते हुए कुछ भी ठीक-ठीक समझ नहीं

आता। सपनों के आगे हम सिर्फ़ उत्सुक, उल्लसित खड़े रह सकते हैं। फिर जीवन में दुख आते ही हैं। तब मैं देख पाता हूँ कि तुम आँसुओं से बनी हो। तुम्हारे केशों से आँसुओं की बूँदें झर रही हैं। सद्यअश्रुस्नाता। मेरा पूरा सपना अचानक आँसुओं से भर जाता है। जब सपना आँसुओं से भर जाता है तो जीवन भी आँसुओं से भर जाता है। जो सपने में रहना जानते हैं वे समझ सकते हैं कि जीवन दो फाँक करके नहीं जिया जा सकता। कि सपने में अलग और जीवन में अलग।

(चार)

स्वप्न ने ही मुझे झूठ बोलना सिखा दिया है। इसी से मैं तुम्हारी वास्तविकता की रक्षा कर पाता हूँ। सपना देखते हुए जान गया हूँ कि संसार में झूठ न होता तो सच की रक्षा असंभव हो जाती। तुम सच का स्वप्न हो, तुम्हें झूठ बोलकर ही बचाया जा सकता है। मानवता के सर्वोत्तम आविष्कारों में से एक यह है कि मनुष्य ने झूठ बोलना सीख लिया है। यह क्षमता मुझे उम्मीद से भर रही है। सपने ताक़त देते हैं कि झूठ बोला जा सके। यह सर्वाधिक नैतिक है। इसी नैतिकता से सभ्यताएँ अग्रसर होती रही हैं।

और यह भी स्वप्न ही है जो मुझे अभिनय करना सिखा रहा है। वास्तविक संसार के सामने मैं अब अभिनेता हूँ। कितना भी तीव्र संवेग क्यों न हो, मैं उसे छिपा लूँगा। मुझे बेलौस रहना है तो मैं अपने सपने में रहूँगा। एकदम नैसर्गिक और प्राकृतिक। वानस्पतिक। यह कितना रोमांचक है कि मैं यथार्थ को अपने अभिनय से छकाता रहता हूँ। सपने हमारी सुप्त प्रतिभाओं को जगा देते हैं।

सपने में ही एक दिन मैंने जाना कि मेरे भीतर सिर्फ़ सूखे पत्ते हैं। जगह-जगह से उड़कर आए सूखे पत्ते। तुम उन पर चलती हो। क्या तुम्हें कुछ चरमराने की आवाज़ सुनाई नहीं देती। मुझे लगता है कि मेरा सब कुछ नष्ट हो जाएगा, सब कुछ चूर-चूर हो जाएगा। लेकिन तुम्हारे चलने में भारहीनता है। कुछ भी नहीं टूटता। सब साबुत बचा रहता है। बल्कि पीले पत्तों के सपनों में भी कुछ हरापन लौटने लगता है। यह किसी बसंत की रचना-प्रक्रिया है।

फिर सपने में बारिश होने लगती है। तुम बारिश बन चुकी हो। सपना बारिश में स्नान करता है। और यथार्थ स्वप्न की बारिश में। मैं बारिश में अपने

सपने के साथ तैर सकता हूँ। इस तरह मैं कुशल तैराक होता हूँ। तुम बारिश से घिरी रहती हो। तुम पर बारिश बहने के लिए इस तरह जमा होती है जैसे शीशे की दीवारों पर पानी की बूँदें बहने के लिए इकट्ठा होती हैं। वे बहते हुए आड़ी-तिरछी लकीरें बनते-बनते फिर टूटने लगती हैं। फिर बहने लगती हैं। बारिश तुममें से झाँकती है। तुम्हारे काँच पर बौछार गिरती है। भीतर पारदर्शी स्वप्न का अपारदर्शी जीवन है।

(पाँच)

सपने से अधिक व्याकुल कौन कर सकता है? तुम्हारी ताक़त है कि तुम व्यग्र बना देती हो। नींद में झिंझोड़ देती हो। इस तरह जीवन में भी। तब क्षण भर के लिए लगता है कि यह सपना टूट ही जाएगा। लेकिन जिजीविषा है कि हर बार मैं सपने को और तुम्हें एक साथ बचा लेता हूँ।

तुम कई बार सपने में कुछ भी अनर्गल कह देती हो। जैसे यही, ''मैं एक स्त्री हूँ, कोई सपना नहीं। मैं ख़ुद अपने लिए ही स्वप्न नहीं हो पाई तो किसी और का सपना कैसे हो सकती हूँ। जब अपने ही सपनों को मैंने विस्मृत कर दिया तो अब किसी के सपने में कैसे हो सकती हूँ।'' मगर इस पर तुम्हारा कोई वश नहीं। मेरा सपना तुम हो। इसमें अब तुम्हारा भी कोई हस्तक्षेप नहीं रहा। तुम अपना जीवन जियो, मैं अपना स्वप्न जी लूँगा। लेकिन जानता हूँ कि जब तुम एक दिन अपने जीवन में घिर जाओगी, हिंसक वास्तविकताएँ तुम्हारे सामने होंगी, तब तुम किसी आत्मीय सपने में ही सुरक्षित रह सकोगी। उतनी ही रक्षित जितनी मेरे स्वप्न में हो। यह सपना तुम्हारा जीवन है। यही इस सपने की मामूली सच्चाई है।

हर आदर्श और स्वार्थी सपने की तरह तुम्हारा स्वप्न, किसी दूसरे स्वप्न को जगह नहीं देता। इतनी दूर तक आते-आते तुम्हारे सपने से अनेक छोटे-छोटे सपने जुड़ गए हैं कि जीवन की हर ख़ाली जगह सपनों से भर गई है। अब कुछ कमी नहीं है। मुझे अभी तक देखे सपनों में से तुम्हारा एक सपना सबसे सुंदर लगा। जब तुम मेरे स्वप्न में अपना स्वप्न देख रही थीं। जैसे कोई दर्पण देखता है। यह स्वप्न की बात है लेकिन इससे मुझे बहुत आश्वस्ति मिली। मैं आशावान हो गया कि तुम्हारे भीतर सपना देखने की क़ूवत बची है। यथार्थ

के शूल तुम्हें एकदम नष्ट नहीं कर पाए हैं। यह स्वप्न देखने की शक्ति ही जीवन-शक्ति है। यही तुम्हारा पुनर्जन्म है।

इसी जीवन में पुनर्जन्म।

अब पूरी दुनिया एक ऐसा सुंदर स्वप्न है, जो संसार को रहने लायक़ बनाता है। तुम एक सुंदर सपने से बनी हो जिसमें मैं रहता हूँ। यह स्वप्न अविजित क़िला है। यहाँ रहते हुए तुम भी अविजित हो।

(छह)

तुम सपने की तरह संबोधित हो। लेकिन तुम जानती हो कि तुम दरअसल बारिश हो। कल्पना, यथार्थ और गल्प में यह आवाजाही स्वाभाविक है। एक वक़्त आता है जब बारिश को सपने की तरह लिखा जा सकता है। और स्वप्न को बारिश की तरह।

समय और भूगोल की कठिनतर परिस्थितियों में यह होता है कि बारिश किसी स्वप्न में कायांतरित हो जाती है। और अब हज़ारों मील दूर शहर के इस कोने में, लगातार वह बारिश होती है जो स्वप्न में बदल चुकी है। मुमकिन है मैं ख़ुद उन जगहों का पीछा करता होऊँ, जो बारिश होने से बनती हैं। और बारिश में ही डूबी रहती हैं।

इस नियति सरीखे सह-अस्तित्व पर, एक छोटी-सी कविता लिखी है।

स्वप्न के इस असमाप्त कथांत में इसे सुनो—

तुम्हारे हो सकने से इतनी दूर
यहाँ बारिश होती रहती है हमेशा
कम या ज़्यादा बारिश
प्रत्यक्ष या अदृश्य बारिश
जैसी बारिश वैसी ही आती है बारिश की आवाज़
कभी फुसफुसाती कभी मुखर कभी चुप

लोग मिलते हैं बारिश में
बारिश में ही हो जाते हैं विदा

जीवन का संक्षेप बारिश, बारिश ही विवरण
बारिश कथा है बारिश कविता बारिश ही संगीत
बारिश है वर्तमान बारिश ही व्यतीत

इसी बारिश में बन जाती है बारिश की परछाई
बारिश में खिल जाती है कभी बारिश की धूप
बारिश में उगता है दिन बारिश में ढलती है रात
दूर से चंद्रमा बहुत दूर से तारे देखते हैं बारिश
नींद में की बारिश भर जाती है सपनों में
कहीं भी रखो हथेली भीग जाती है
जहाँ भी क़दम रखो होती है एक
छोटी सी छपाक्
यह बारिश कोई मौसम नहीं है
इसलिए कहीं बदलता कुछ नहीं
बस होती रहती है बारिश
गिरती रहती हैं फुहारें अनवरत

बारिश आ जाती है बरामदे में
फिर रहने लगती है घर में ही
अँगीठी से बर्तनों से कपड़ों से
बालों से त्वचा से हारमोनियम से
किताबों से उठती है बारिश की गंध

हर चीज़ हो जाती है नम
और फिर बनी ही रहती है पुर-नम।

(2009/ 2020)

❑❑❑